책방과 유재필

차례

들어가며

　　참 제목하고는.「책방과 유재필」이라니.
몇 년 만의 신간인데 어쩌자고 제목을
이따위로 지었나 싶다. 오랜 시간 책을
만들지 않아서 감이 떨어진 건가 생각하기엔,
우습다. 그러면 앞에 만든 책 제목들은 감이
있어서 그렇게 지었나. 하… 책방이라니,
후… 유재필이라니. 세상 사람들이 관심
없는 책방, 그리고 '유재필이 뭔데?' 싶은
인간 유재필을 세트로 묶어서 어쩌자고 책
제목을 이따위로 지을 생각했을까. 책 제목을
고민하면서 아내에게 "이번 책은 「책방과

유재필」로 생각하고 있어"라고 말했더니, "책
팔 생각은 없구나?"라는 대답이 돌아왔다.
그러게. 어떻게 이처럼 신기할 정도로
외면받기 좋은 방향으로만 손이 가고, 발이
가서는, 인생이 이처럼 고달플까.

　　그래서 다른 제목도 고민했다. 나이가
들어서는 어릴 적 잡초같이 드셌던 성격도
이전 같지 않고, 누군가 (특히나 아내가)
조언을 해주면 귀담아들으려고 하는 편이다.
그런데도 책 제목은 「책방과 유재필」로 할
수밖에 없었다. 단순하다. 왜냐하면 이번 책
내용은 전부 책방에 대해 다뤘고, 유재필에
대해서 썼기 때문이다.
　　그리고 오해할까 봐 일러두지만,
제목에 이름을 쓴 건 자기애가 강해서
그런 것은 아니다. 오히려 이름에
관해서만큼은 마음에 들지 않는 편이다.
내 이름의 '재'는 '있을 재在'이며, '필'은
'반드시 필必'이다. 할아버지가 지어주신

거라고 한다. 할아버지의 정확한 의도는
모르겠으나 아마도 반드시 필요한 사람이
되라고 지어주신 이름이겠지 싶다. 뜻
자체는 누구한테 물어봐도 좋다고 할
만한 이름이겠지만, 이런 뜻의 이름을
달고 살기에는 어디서든 반드시 필요한
사람이었던 적이 한 번도 없다. 그래서인지
늘 이름에 정이 가지 않았다. 어린 시절부터
지금까지 나는 줄곧 '있으나 마나' 했거나,
'있으나 불편'했거나, '있었던 것 같은데
이 사람 어디 있었지'였거나, 대체로 그런
쪽이었다. 갑자기 슬프게 왜 자학을 하냐고?
아니다. 냉정하게 나를 돌아보고 하는
말이다. 결코 '반드시 있어야 될' 사람이었던
적은 없었다. 그렇기 때문에 살면서 조금씩
이름이 짐처럼 느껴져 부담스러웠다.

　　하지만 이런 짐처럼 느껴지는 이름을
책 제목으로 넣은 이유는, 이런 나도 세상
어딘가 이름 하나 남기고 싶다는 바람이

들어서였다. 그동안의 내 책을 읽어 본 사람은 대충이나마 알 테다. 평소 얼마나 죽음을 생각하며 사는지 말이다. 앞으로 아무리 글을 열심히 쓴다고 하더라도, 누구나 한 번쯤 이름을 들어봤을 정도의 작가가 될 자신은 없다. 그래서 언제 죽을지 모르니 내가 만드는 책 표지로나마 이름 한번 슬쩍 남겨보자는 계산이다.

말한 바와 같이 이 책은 책방과 유재필에 대한 이야기다. 세상에서 가장 재미없을 소재와 지루한 인간을 묶었다. 기대하지 말길 바란다. 분명 읽는 내내 하품과 함께 할 것이다. 그럼에도 어쩌다가 이런 책을 넘겨보고 있다면 그저 감사할 따름이다. 이왕 책을 펼친 김에 내심 끝까지 읽어줬으면 하는 주제넘은 기대 따위 하지 않는다. 절반 이상이라도 읽은 애정 많은 당신. 인생의 끝까지 행운이 함께하길 바란다.

저 푸른 초원 위에
그림 같은 책방을 짓고

    어릴 때 이후로 꿈에 대해 진지하게
생각해 본 적이 없는데, 요즘 저에게도
꿈이 하나 생겼습니다. 남진의 노래「님과
함께」의 가사 '저 푸른 초원 위에 그림 같은
집을 짓고, 사랑하는 우리 님과 한평생
살고 싶어'처럼, 시골에서 그림 같은 책방을
짓고 사랑하는 우리 임과 한평생 살고
싶은 게 저의 꿈입니다. 그래서 사랑하는
우리 임에게 말한 적이 있습니다. 여보,
우리 시골 가서 책방 하며 같이 살자고
했습니다. 그랬더니 아내가 답하더군요.

'뭐 먹고살라고?'라고요. 그래서 시골 가면
돈 그렇게 크게 들 거 있겠냐고, 책 팔아서
먹고살면 되지~ 하고 제가 말했습니다.
그랬더니 아내는 딱 봐도 여러 의미를 담은
눈으로 지그시 저를 바라봤습니다. 우리 임과
적지 않은 시간을 함께 살아 보니 그 눈빛은
대충 무얼 말하는지 알겠더군요. 추측하면
'개소리 작작해라' 뭐 그런 비슷한 말이
분명했습니다.

　　그런 말을 들으면 저도 기분이 좋지
않습니다. 사랑하는 우리 임과 한평생 살고
싶다는 꿈이 그렇게 욕 들을 일인가요.
저는 서운하고 분하고 뭐 그래도 끝까지
설득해 보려 했는데, 잘 되질 않았습니다.
그런 과정이 반복되면서 제가 그러는 그
꿈에 대해 찬찬히 뜯어보는 시간을 가지게
되었고, 아무래도 우리 임의 말이 옳았던
것 같습니다. 제가 너무 순진하고 바보
같았던 거죠. 시골에서 책방을 하면 돈이

안 들 거라뇨. 아직 안 살아봤지만 시골
생활이 그렇게 호락호락한 게 아니죠. 다시
냉정하게 생각해 볼 필요가 있었습니다.
어떻게 하면 시골에서 살 수 있을까. 그렇게
머리를 싸매고 골몰해 보니 하나의 결론이
나오더군요. 제가 글을 열심히 쓰는 일밖에
없다는 걸 말입니다. 사실 그동안 저에게
글이란 그저 취미에 불과했습니다. 글을
쓰고 책이 나와서 잘되면 그만이고, 글을
써서 알려지고 싶다는 바람은 없었습니다.
그런데 제가 도시가 아닌 시골에서 유일하게
밥벌이를 할 수 있는 길은 글을 쓰는 것밖에
없다는 생각에 도달했습니다. 그래서 우리
임과 함께 잘 살고 싶어서 글을 열심히
쓰기로 마음먹었습니다. 하루도 빠짐없이
쓰고, 숨 쉬듯 글을 쓰고, 사채업자가 떼먹은
글 받으러 온다는 생각으로, 글밖에 없다는
절박함으로, 동아줄을 부여잡는 심정으로,
인생에 불만을 쏟을 시간에 글을 쓰고,
변기에 앉아서도 글감을 생각할 것입니다.

글이 안 써지는 환경을 탓하지도, 컨디션 평계도 대지 않으려고 합니다. 비가 오나 눈이 오나 글을 쓰고, 매일 책상에 앉아 자판을 두드리고, 컴퓨터를 사용할 수 없는 환경이라면 핸드폰이라도 붙잡고 글을 써보려고 합니다. 그래서 손가락에서 두루마리 휴지 풀려나오듯 글을 쏟아내 보려고 다짐합니다.

저 푸른 초원 위에 그림 같은 책방을 짓고, 사랑하는 우리 임과 한평생 행복하게 살기 위해서 말입니다.

꼬마와 비행기

    평소처럼 책방 오픈 준비를 하던 때였다.
청소기를 돌리고, 행주로 테이블을 닦던 그
순간 창밖에서 뭔가가 시야에 어른거렸다.
그 방향으로 시선을 옮겨보니 초등학교
2-3학년쯤 되어 보이는 아이가 혼자서
이리저리 왔다 갔다 하고 있는 것이다. 동네
꼬마 녀석인 것 같은데, 뭘 저렇게 하고
있나 싶어 유심히 봤더니 혼자서 비행기
장난감을 던지며 놀고 있었다. 공중으로 힘껏
날려보지만 비행시간은 초라하게도 고작
5초 정도는 될까, 금방 맥없이 추락하는데도

다시 주웠다가 날리기를 반복했다. 꼬마의
비행기는 참 볼품없었고, 내 눈엔 그 허접한
비행기가 어쩐지 혼자서 쓸쓸히 놀고 있는
꼬마의 그림자를 더욱 짙게 물들이는 것
같았다. 뉴스에서 비혼이니 저출산이니
굳이 확인시켜 주지 않아도, 이미 예전부터
아이들이 사라진 골목길에서 세상의 보이지
않는 외로운 흔적을 느끼긴 했었다. 문득
경제 용어 '보이지 않는 손'이 생각나기도
했다. 골목길을 누비던 아이들은 어디로
사라진 걸까. 어쩌면 그 '보이지 않는 손'이
아이들을 모두 어딘가로 납치해 간 것은
아닐까.

　　그렇게 꼬마의 모습을 짧은 시간
바라보면서, 어릴 적 친구들과 함께 고무
동력기를 가지고 놀던 기억에 빠져들었다.
플라스틱 프로펠러에 연결된 고무줄을
손으로 여러 번 감아 팽팽하게 고정한 다음,
손을 떼면 고무줄이 풀어지며 하늘로 힘차게

솟아오르는 장난감이었다. 꼬마가 가지고
놀던 비행기는 고무동력기와 비교하면 매우
단순했고, 특이점이라면 앞쪽에 단단한
추 같은 게 달려있었다. 그래서 하강할
때 앞머리부터 바닥에 꽂히는 식이었다.
그런데 아이가 있던 주변에 하필이면 벤츠
S 클래스, 아우디 등 고가의 외제 차들이
줄지어 주차되어 있어서, 괜히 아이를
지켜보던 중 오지랖 같은 걱정이 스멀스멀
올라왔다. 꼬마의 비행기가 자칫하다 저 외제
차를 스치거나 내리박는 상상을 했던 거다.
만약 그런 일이 일어난다면, 아이는 이게
뭐 상황인지 모르는 채로, 아이의 부모만
차주 앞에서 이마에 식은땀이 송골송골
맺힌 얼굴을 난감하게 구기고 있을 상황이
벌어질 것만 같았다. 그래서 (모두를 위해?)
아이한테 주의를 주는 게 좋을 것 같았다.
나는 책방 문을 열고 얼굴을 빼꼼히 내밀어
"꼬마야 비행기 그거, 그러다 저 차 위로
떨어지면 차에 기스날 것 같은데~" 했다.

꼬마와 비행기

그러면서 나는 속으로 '에이씨, 아저씨가 뭐 참견이에요~' 왠지 이런 답이 오지 않을까 생각했다. 그런데 예상과는 반대였다. 내 말을 들은 아이는 오히려 내가 미안할 정도로 공손하게 그리고 귀엽게 두 손을 배에 가져다 대고는, (매우 밝고 부드러우며 포근한 사운드로) "네, 죄송합니다!" 하며 구십도 인사를 한 후 곧장 비행기를 들고 자기 집으로 쪼르르 들어간 것이다. 아이(와 부모)가 진심으로 걱정되어서 했던 말이었지만, 순간 괜한 말을 했나 하는 생각에 아이가 집으로 돌아가는 뒷모습이 뇌리에서 떠나질 않았다.

나는 마산역 인근 석전동 시장 골목길에서 대부분의 유년 시절을 보냈다. 어릴 적 하교를 하고 집에 있으면 동네 친구들이 와서 엄마에게 '아줌마~ 재필이 집에 있어요?' 하고 물어봤다. 그렇게 불려 나가면 어느새 친구들이 하나둘 모여들었다.

골목길 어귀에 대략 열 명 정도는 모였던
것 같다. 다양한 놀이가 있었지만, 그 시절
특히 축구를 자주 했다. 그리고 우리의
축구장이었던 동네 골목길엔 양옆으로 항상
(곧 닥칠 위태로운 운명의) 차들이 불쌍하게
주차되어 있었다. 티코와 프라이드부터
세피아, 르망, 에스페로, 레간자, 갤로퍼와
그랜저, 다이너스티, 포텐샤 등 비싼 차까지
가리지 않고 다양한 차들이 있었다. 지금
와서야 그게 무슨 차고, 얼마짜리 차였고
운운하며 회상하지만, 당시 우리들에게는
그게 무슨 차든 알 바 아니었다. 미안하게도
그 차들이 누군가의 사유물, 재산이라는
인식은 눈곱만큼도 없었다. 그냥 길가에 세워
놓은 쇳덩이였을 뿐이다. 공이 차 밑으로
들어가면 걸리적거리는 성가신 물건이었고,
동네 꼬마들의 눈에 그저 큰 돌멩이 정도로
치부되었다 해도 무방할 것이다. 공을
쫓아 우르르 뛰어다니며 몸싸움을 하는
과정에서 어떤 차는 사이드미러의 모가지가

꺾였을지도 모르겠고, 특히나 비싼 차들에서
볼 수 있었던 보닛 앞 중앙의 쇠붙이
엠블럼을 부숴 먹는 일도 비일비재했다. 그
시절 축구는 단순한 놀이가 아닌 우리에게
주어진 막중한 임무라도 된 듯 그냥 최선을
다할 뿐이었다. 그렇게 한참을 놀다 옷이
땀으로 범벅이 되고, 밥 먹으라는 엄마들의
외침이 골목길에 밀려오면, 그제야 선수들 한
명씩 빠져나가면서 축구는 끝이 났다.

　　동네 아저씨들의 차는 그 시절 그렇게
혹사를 당하며 암흑기를 보냈다. 아침에
출근하려고 보니 없었던 기스를 발견하고,
사이드미러는 고개가 꺾여있어도, 거리엔
CCTV도 없으니 누가 그랬는지 잡을 길이
없었다. 그냥 혼자 하늘을 향해 서럽게 쌍욕
한번 날리면서 그 시절을 견뎠을 것이다.
그럼에도 당시 동네 아저씨 누구도 '이
새끼들아, 차에 기스나니깐 저리 꺼져서
놀아라' 따위의 말은 하진 않았다. 그리고

아이들의 부모를 찾아가 본인들의 차에 당신네 자식이 공을 차다가 생긴 이런 참혹한 일을 설명하면서, 변상을 요구하는 일 따위도 없었(을 것 같)다. 이제 와서 생각하면 꼬마라는 이유로 어른들에게 '참 야만의 시대를 안겨주었구나' 하고 미안한 마음이 들지만, 그래도 그 덕분에 당시의 꿈나무들은 어른들이 무관심과 다정함으로 만들어 준 골목길이라는 운동장에서 즐거운 추억을 쌓으며 무럭무럭 컸구나 하는 생각도 해보는 것이다.

반대로 우리가 어린 시절 어른들로부터 당했던 야만적인 행위들이 없는 것도 아니다. 지금으로선 상상하기 어려울 만큼 그 시절엔 극장에서도, 식당에서도 어디든지 어른들이 내뿜는 담배 연기를 공기와 함께 세트로 마셔야 하는 게 일상이었다. 나 역시 정말로 괴로웠던 것 중 하나가 아버지가 아침마다 꼭 내가 자는 머리맡에 앉아 신문을 펼치며

담배를 피는 것이었다. 그리고 "재필아 일나라~ 학교 갈 준비해야지~"하며 아직 자고 있는 내 콧속으로 담배 연기를 밀어 넣었다. 그렇게 나는 늘 아버지가 주시는 훈훈한 간접흡연과 함께 지끈거리는 머리로 연기 자욱한 아침을 맞이해야만 했다. 이것 역시 지금의 기준에서는 상상할 수 없는, 어린이에게 매우 잔혹한 일이다. 집 안에서 담배를 피우는 일이며, 심지어 가족에게 간접흡연을 시킨다는 게 아무렇지도 않다니. 그저 '그 시절은 그랬지' 하고 생각하며 넘길 뿐이다.

과거와 현재를 비교해 보면 과거가 무조건 나빴던 것도, 좋았던 것만도 아니다. 세상이 많이 달라졌다. 혼자 비행기를 던지고 놀던 아이의 모습이 내 어릴 적 추억과 교차하여 쓸쓸한 잔상을 남겼다. 내가 아이에게 했던 조심하라는 말도, 배꼽 인사하고 집으로 들어갔던 그 뒷모습도 기억

속에 오래오래 머무를 것 같다.

굳이

　‘굳이?’ 하고 물으면서 덥석 손목을
낚아챈다. 단 두 글자가 힘이 좋다. 쓰던 글이
‘굳이’라는 장벽 앞에서 막막한 상황이다.
이렇게 글을 쓰다가 종종 머릿속으로
난입하는 ‘굳이’라는 건달을 마주한다.
놈처럼 성가시고 괴로운 진상이 또 있을까.
거머리처럼 착 달라붙어서 온 에너지를 쪽쪽
빨아 먹는 느낌이다. 한 편의 글을 완성하기
위해서는 엉덩이를 의자에 오래 붙일 수 있을
인내심이 중요하다. 하지만 어느 순간 ‘굳이?
이따위 글을… 써야하나…’ 하며 방해하는

'굳이'라는 놈에게 멱살 잡힌 채 질질
끌려다니면 답이 없다.

"굳이 이런 것까지 써서 올리다니. 용기가
가상하군요."

모처럼 글을 쓰는 지금, 안타깝게도
'굳이' 이런 글까지 써야 해? 하고 지난날
내 책에 익명의 독자가 남긴 댓글이 불현듯
떠오른 것이다. 더군다나 '굳이' 이런 표현을
해야 해? 라고, 얼마 전 아내 역시 내게
그런 말을 흘렸는데, 불행하게도 나는 글을
쓰는 재능도 없는 주제에 왜 그런 말들은
굳이 잘도 기억하는 걸까. '굳이' 말이다.
전방에 뛰어든 짐승에 놀라 급브레이크를
밟듯 무언가를 향해 열심히 달려가다가도
'굳이'라는 돌부리에 걸려 허무하게
자빠진다. 오래 붙들고 있던 글을 '굳이
이런 글을 써서 뭐 하나' 생각하며 휴지통에
처넣고 삭제한다던가, '시궁창 같은 세상

군이 살아야 하냐'는 생각으로 괜히 삶의 의미 따위를 찾아보다 결국은 사람들로부터 도망쳐 버린다던가. '굳이 그런 표현을 해야 하나?'라는 질문에 날카로워지고, '굳이 살아야 하나?' 하는 식의 질문에 밥맛을 잃는 자신을 보며 휴지 조각만큼 허약한 내 존재가 우습고 싫어진다.

그럼에도 글을 쓰는 데 '굳이' 이유를 찾아야 하고, 사람이 사는 데 '굳이' 의미가 있어야 하냐며, 나 역시 굳이 그렇게까지 구질구질하게 물고 늘어져야 속이 시원하냐고, '굳이' 하며 달려드는 놈에게 도망치고 싶지 않다. 그냥 쓰고, 그냥 사는 거지 뭘 그렇게 굳이, 굳이 거리냐고. 닥치고 조용하라는 의미로 마지막 문장을 쓴다. 브루스 러가 남긴 말이다. (명언을 생각해 낼 능력이 없는 나는, 늘 이런 식으로 남의 말을 빌리길 좋아한다.)

"산다는 것은 그저 순전히 사는 것이지,
무엇을 위해 사는 게 아니다."

대는 누구이고, 소는 누구인가?

이 글을 쓰고 있는 장소는 망원동의 어느
아늑한 카페다. 처음 와보는 이 카페에서
나는 아이스 라테를 시키고 한참을 앉아
있는 중이다. 그사이 이상하게도 배가 아파
화장실을 여러 차례 들락거렸는데, 지금은
'화장실을 여덟 번이나 갔다 온 다음이다.'
하는 사실은 쓰고자 하는 글과는 상관없는
여담이다. 그리고 아홉 번째 화장실을 가기
위해 자리에서 일어섰을 때는, '저 인간은
거슬리게 왜 저렇게 왔다 갔다 하냐'는
보이지 않는 시선이 따끔거려, 괜히 핸드폰을

얼굴에 갖다 대고 이번엔 (어딘가에서 걸려
온 전화를 받으러 가는 척) '여보세요' 하고
연기하듯 소곤대며 화장실로 향했는데,
이것 역시 여담이다. 그렇다. 이 글은
본문과 상관없이, 괜히 어느 얌전한 카페의
화장실에다 내 뒷구멍의 지린내만 남겼다는
쓸데없는 소리, 그러니깐 똥 같은 글을
시작 중인 것이다. 그리고 또 한 번 정말
정말 죄송하게도, 이제 진짜 진짜 마지막
여담이지만, 내가 여기 와서 배 아픈 이유를
곰곰이 생각해 보니, 카페를 떠도는 피아노
연주곡들 하며 조금의 소음도 비집고 들어갈
빈틈을 허용치 않는 조용한 분위기에 압도된
탓인지, 공기 중으로 흘려보내야 할 가스가
바깥의 분위기를 살핀 후 소심하게 뱃속으로
다시 들어와 버려, 그래서 배가 더부룩했다는
이유를 깨닫고 너무나 부끄러운 기분으로
글을 적는 중이다.

　이 글의 초고는 정말 오랜만에

'브런치'에다 올렸던 글인데 하필이면 이런
냄새 나는 글을 올려, 나를 구독하고 있는
사람들에게 알림이 뜬다는 사실이 새삼
부담스럽게 느껴졌다. 그러니깐 정말로
'새삼 부담스럽다'는 표현이 적절할 것이다.
그런데 그런 부담을 느끼는 자라면 애초부터
브런치를 하지 않으면 될 것 아닌가.
오랜만에 '유재필 넘의 새로운 글' 알림이
떠 클릭했더니 이따위로 주절대는 글이라
'에잇 뭐야 이 사람은!' 하는 불쾌한 표정들이
떠오른다. 가까운 사람들도 아니고, 이런
민폐를 끼쳐도 될 일인가. 아니, 가깝지
않다는 표현은 맞는 말인가. 글을 올린
동시에 다른 이의 핸드폰 알림이 뜨기까지
과연 몇 초나 걸릴까. 이런데도 '가까운
사람들도 아니고'라는 표현은 맞는 말인가.
물리적으로 멀리 있으면서, (핸드폰이라는)
물리적으로 가까운 사람들을 생각하다
보니 어느새 가위 모양으로 만든 검지와
엄지 사이에 턱이 꽂힌, 꽤나 멋진 모습으로

고민에 빠져 있다.

　이러려고 했던 건 아니지만 어쩌다 보니
이런 똥글을 시작했더라도 쓰고 싶은 게
꼭 있는데, 여기 포근한 카페에서 너무도
좋아하는 작가가 생겼기 때문이다. 소설가
박성원을 당신은 아는가. 꽤 유명한 작가인
것 같아서 많이들 알지도 모르겠지만,
아무튼 나는 이제서야 알았다. 그동안 이런
대작가를 모르고 있었던 이유를 '이름이 너무
평범하잖아, 나 중학교 때 박성원이라는
애만 다섯 명이나 있었던 것 같은데'라고
주절거리자니 김영하도, 최민석도, 김연수도
너무 흔한 이름이지 않은가. 그래서 자고로
대작가가 되기 위해선 이름이 평범해야
한다는 법칙이 미신처럼 있는 게 아닐까.
그래서 나도 이참에 김지원이라는 이름으로
개명을 해볼까, 진지하게 고민해 본다.

　아무튼.

박성원의 소설집 「우리는 달려간다」를 읽었다. 첫 번째 단편 <긴급 피난>, 그리고 이어지는 <세상에 존재하는 모든 것>을 보았다. 더는 말하지 않겠다. 너무 좋다는 둥, 지렸다는 둥, '따봉'이라는 둥 이런 지루한 표현들. 똥글을 쓰는 주제에 식상한 말까지 할 순 없다. 그저 끝까지 읽어주신 고마운 분들께 박성원의 <긴급 피난> 중 내가 뽑은 엑기스° 문장을 남겨 놓는 것으로 똥글에 대한 용서를 구한다.

육식을 하는 사자에게 부처의 도를 가르쳐 살육을 그만두게 한다면 결국 초식동물을 살리려고 사자를 굶겨 죽이는 게 아닌가. 아무리 이성적으로 생각해도 나로서는 모를 일이다. 누가 죽어도 죽는 건 죽는 게 아닌가. 그것은 누구를 살리고자 다른 누군가를 죽인다는, 결국 대를 위해 소를 희생한다는 명분 논리에 불과한 일이지 않은가. 그렇다면 대는 누구이고, 소는 누구인가? 초식 동물은 누구이고, 육식동물은 누구인가?

박성원, <긴급 피난>, 「우리는 달려간다」
문학과지성사, 2005

°그나저나 엑기스란 단어가 그렇게 올드합니까?
그런 한물간 구닥다리 단어 요즘 누가 쓰냐고 아내가
그러는군요.

베스트셀러

　　일전에 유튜브를 보던 중 영화평론가
이동진이 베스트셀러에 관해 본인의
생각을 말했던 게 기억난다. 베스트셀러가
베스트셀러인 이유는 많이 팔리기 때문에
많이 팔린다는 이야기였다. 주옥같은 한 줄
평을 써왔던 그만이 표현할 수 있는 정말이지
완벽한 한 줄이었다. 어디 '올해의 한 줄
상' 같은 건 없나 하는 생각이 들 정도다.
그렇지. 베스트셀러인 이유에는 별 이유가
없다. 그냥 사람들이 많이 사니깐 너도나도
구매할 뿐이다. 그 말이 얼마나 시원했던지,

무더운 여름날, 말 잘 통하는 친구와 시원한
맥주를 나눈 것처럼 '캬!' 하는 소리가 입
밖으로 터져 나올 것 같았다. 베스트셀러를
보며 그런 생각을 해 본 적은 없었는데.
역시, 날카롭군. 평생 '평론밥'을 먹고 산
자가 세상을 살피는 예리함은 뭐가 달라도
다르다는 느낌이다.

　　서점에 가면 베스트셀러 코너에 눈이
가긴 하지만 마음까진 가지 않는다. 잘
팔린다고 하니 궁금하지만, 그러니 오히려
힘주어 외면하고 말겠다는 반항 같은,
오기 같은, 전형적인 못난 인간이 느끼는
배 아픔이냐고 한다 해도 '예, 맞습니다.'
인정할 수 있다. 좋은 책의 기준은 저마다
다르겠지만, 좋은 책이라서 베스트셀러
코너에 올라간 경우보다, 마케팅에 돈을
넉넉히 댈 수 있는 출판사의 뒷배에 힘입어
베스트셀러라는 좋은 자리를 꿰차고 있는
경우가 대부분이다. (라는 생각이다.)

아무래도 이런 생각이 베스트셀러에 마음이
가지 않는 가장 큰 이유가 아닐까 한다.
게다가 저마다 취향과 성향이 각양각색인
사람들이 특정 몇 권의 책을 향해 우르르
몰려든다는 것도 나로서는 수긍하기 어렵다.
뭐 내가 이해하고 말고는 상관없겠지만,
아무튼 나까지 그렇게 달려들면 어쩐지
형광등에 달려드는 모기떼 속의 한 마리가 된
것 같아 스스로가 초라해지는 기분이다.

　　대학교 시절도 비슷했던 것 같다. 친구든
선배든, 남자든 여자든 인기 많은 친구 곁은
일부러 다가가지도 멀리하지도 않았다.
홈페이지에 하루 방문자 몇백 명이 다녀가고,
일촌평이 마치 팬레터처럼 덕지덕지 붙어
있는 인기 많은 친구의 친구가 된다는 일은
어쩐지 베스트셀러 코너 주변을 서성일
때와 같은 느낌이다. 이것 역시 이동진의
말을 빌리자면, 패리스 힐튼이 유명한 이유
역시 별것 없다. 좋은 사람이라서, 무언가를

잘해서 유명한 게 아니라, 유명하기 때문에
유명하고, 유명한 거로 유명한 것처럼
말이다. 20대 후반에서 30대 초반까지
디자인 일을 하면서 우연히 몇몇 연예인들과
같이 일했던 경험이 있다. 그런데 아쉽게도
그때 만난 유명인들을 떠올려 보면, 유쾌한
기억으로 남은 인물들이 없다. 그런 경험이
쌓여서인지 사람들이 좋다고 우르르
몰려드는 대상에 그다지 큰 흥미가 없고,
다소 경계하는 버릇이 생기지 않았나 한다.

　　어릴 적부터 대부분의 시간을 고단하게
살아온 느낌이다. 이렇게 말하면 누군가는
'너만 힘들게 살았냐?'고 꼬집을지도
모르겠다. 그러니깐 내 말은, 누가 강요한
적 없는데, 굳이 지뢰밭 같은 길만 잘도
골라온 듯한 피곤함이랄까. 수많은 직업
중 하필이면 책방을 하는 것도 그렇고,
그중에서도 베스트셀러와는 거리가 멀어도
너무나 먼 독립출판물을 다루는 것처럼

말이다. 솔직히 나 역시 베스트셀러에 완전히
관심이 없진 않다. 혼자서 높은 안목을 지닌
듯 잘난 척을 해도 궁금하지 않을 수 없다.
나 역시 많이 팔리기 때문에 많이 팔리는
그 책이 궁금하다. 왜 많이 팔리나. 뭐가
그렇게 좋을까. 호기심에 못 이겨 책을
펼쳐볼 때가 있다. 그러면 좋은 책도 있고,
적당히 괜찮은 책도 있고, 한숨만 나오는
책도 있다. 그렇지만 어쨌든 베스트셀러라는
자리에 앉아 있기에는 스스로 민망하지
않을까 하는 책이 다수다. 그중에서는 '이런
책이 이렇게나 팔린다고?' 싶은 SNS 어디서
스캔한 듯한 감성의 문장들로 채워진, '역시
돈만 있으면…' 생각이 날 수밖에 없는
개탄스러운 책을 만날 때도 있다. 무시하면
그만이지만, 무시 안 한다고 해서 뭘 할
수 있는 것도 아니다. 못난 인간이라서
그냥 조금 우울해졌다가 그칠 뿐이다.
그러면서 세상이 주목하지 않아도, 맨날 돈
걱정하면서도 좋은 작품을 끝까지 이어가는

주변 예술가들이 떠오르며 애틋해진다.

　셀프 브랜딩, 셀럽, 인플루언서 같은
말들이 눈만 뜨면 보이고, 들리는 요란한
세상이다. 나와 네가 다름이 돈이 되는
세상이니, 구분 짓기에 혈안이 된 사회
같다. 패리스 힐튼처럼 어서 빨리 스스로가
유명해지든, 어느 순간 '쇼츠'나 '릴스'가
'떡상'하든, 아무튼 팔로우를 하루빨리 늘려
유명한 걸로 유명해지면서, 많이 팔리기
때문에 많이 팔리는 단계까지 올라가는 게
시대정신처럼 느껴질 정도다. 똥을 싸도
박수쳐 줄 거라는 앤디 워홀의 말을 받들어,
하루빨리 내 계정 옆에 인플루언서 마크를
다는 것만이 중요한 듯, 어느 순간 작가들의
계정에는 좋은 작업을 향한 열망보다
인플루언서가 되고픈 욕망들로 가득한
느낌이다. 글을 좋아했든, 화가를 꿈꾸었든,
다양한 꿈들이 결국엔 엔터테이너가 되지
못하면 낙오되는 사회처럼 느껴져 씁쓸하다.

이 글이 세상의 공기와 호흡을 잘 맞추지 못한 무능력자의 질투밖에 되지 않는다는 것을 잘 알고 있다. 그렇다고 해서 사람들이 다 저기로 가니깐 아무 생각 없이 따라다니다 괜히 남의 똥 냄새나 맡고 싶진 않다. 그런 베스트셀러 쫓아다니기엔 이 세상에 너무나 멋진 예술가들이 많지 않은가.

너무나 멋진 예술가들이 많지 않은가

얼마 전 우연히 무라카미 하루키에 관한
에피소드를 듣게 되었다. 레이먼드 카버의
팬이었던 하루키가 그를 만나고 싶어, 카버의
집 앞에 무작정 찾아갔다는 이야기였다.
세계적인 대작가도 중고딩 아이들처럼
자신만의 아이돌 집까지 쫓아간 팬심을
떠올려 보니 (일반인과는 다른 세상 속에 살
것 같은 유명인도 별거 없구만, 하는 생각에)
괜히 마음이 편안해지는 기분이었다.
이왕 집까지 찾아갔으면 초인종이라도
눌러보던가. 아니지, 누르는 순간 스토커로

신고되는 건가. 아무튼 집 앞에 차를 세워
두고 카버가 집 밖으로 나올 때까지 무턱대고
차 안에서 기다렸다고 한다. 그러니깐 익히
우리가 알고 있는 그 유명한 무라카미
하루키가 말이다.

　　그 에피소드를 듣자 약간 뜨끔하며 옛
생각이 났다. 나 역시 십여 년 전쯤 최민석
작가를 너무나 좋아한 나머지 그가 글을
쓰러 자주 간다는 상수역 인근 카페로
무작정 찾아간 적이 있었기 때문이다. 다섯
평 정도 될까 싶은 작은 카페의 문을 열고
들어서자 운 좋게도 마침 최민석 작가가 앉아
있었다. 그는 노트북을 뚫어지게 바라보며
집중해서 글을 쓰는 중이었다. 그리고 나도,
그러한 작가의 뒷모습을 넋을 잃고 뚫어지게
바라보았다. 환한 햇살이 작가의 등에
올라타서 반짝반짝 뛰어놀고 있는 장면이란,
마치 영화 촬영장 조명 아래의 배우를 보는
듯 그야말로 눈부신 광경이었다. 그 순간

작가의 기품 있는 뒷모습은 어쩐지 '작가란
이런 것이다.' 하고 웅변하는 것 같았고,
나 역시 '맞습니다. 모름지기 작가란 이런
모습이죠.' 하며 고개를 끄덕였던 것 같다.

카페 안은 간간이 작가가 두드리는
자판 소리만이 조용히 울렸다 사라졌고,
고요했다. 카페 사장 역시 작가와 오랜
호흡을 맞춘 파트너처럼 '한국 문학계의
혁명을 일으킬 작품을 숨죽여 기다린다'는 듯
컵을 달그닥거린다거나 하는 사소한 잡음도
일절 없이 조용했다. 그런 분위기 속에 나도
자연스레 숨죽일 수밖에 없었고, 조심스럽게
커피를 홀짝이며 그 광경을 지켜보았다.
좁은 카페 안에서 '한국 문학계의 혁명을
일으킬 작품을 숨죽여 기다리는' 카페
주인장과, '작가란 이런 것이다.'라고 말하는
멋진 뒷모습을 가진 작가와, 어쩌면 지금
이 순간은 '먼 훗날 고전으로 남을 작품이
탄생할 역사적인 현장일지도 모른다'는

생각으로 감동에 부풀어 있는 나, 이렇게
세 남자가 있었다. 정말이지 감격스러웠다.
카페를 찾아갔을 때 최민석 작가가 있을지
알 수 없는 일이었는데, 타이밍 좋게 작가를
만난 것은 물론이며, 작가가 유튜브를
본다거나 누군가와 수다를 떨고 있는 모습도
아닌, 때마침 글을 쓰고 있는 순간이라니!
그 순간만큼은 최민석 작가의 작업실에
초대받은 듯했고, 살면서 라이브 공연은
봤지만, '이건 마치 라이브 라이팅writing을
직관하는 게 아닌가!'라는 생각에 벅찼다.

    나는 전반적으로 세상을 재미없고
시들시들하게 바라보는 축 처진 인간이지만,
간혹 이런 순간이면 생생하게 살아있음을
느낀다. 뭐라고 설명하면 좋을까. 예컨대
'지금 이 순간을 역사 속 현장이라고 생각해
보자.' 식의 삶의 태도라고 말해 보면 어떨까?
'사실 나는 지금으로부터 딱 100년 뒤인
2123년에서 건너온 사람이다. 동네 마트에서

30만 원어치 구매하고 받은 이벤트 응모권이
운 좋게 3등에 당첨되었고, 3등 경품이
우연히도 타임머신 티켓이었다. 타임머신에
올라타니 몇 개의 버튼이 잘 관리받은
치아처럼 가지런히 놓여 있었는데, 가보고
싶은 순간을 10년 간격으로 지정할 수
있었다. 그 무렵 나는 소설「능력자」에 흠뻑
젖어 있었고, 김일두 노래에 만취해 있었기
때문에 고민할 것 없이 2010년행 버튼을
눌렀고, 그렇게 지금 최민석 작가가 글을
쓰는 현장을 함께하는 것이다.'라고 생각해
보는 식이다.

　　나도 안다. 영화「미드나잇 인 파리」의
주인공처럼 정체 모를 차가 '짠'하고 나타나
평소 동경하던 과거의 한 시절로 나를
데려다주는 일 따윈 절대 일어나지 않는다.
당연히 유재필이라는 인간이 레이먼드
카버를, 짐 모리슨을 만날 일이란 절대 없다.
물론 나도 과거로 갈 수 있다면 70년대로

*쟈니 캐쉬 (Johnny Cash) 1932-2003
　컨트리 음악 역사를 통틀어 가장 유명한 미국의 싱어송라이터이다.

44

돌아가서 젊은 날 김민기의 공연도 보고,
미국 땅에 떨어져서 쟈니 캐쉬°의 공연도
보고 싶다고 공상할 때도 있다. 하지만
그러기엔 내가 숨 쉬고 있는 이 시대에도
너무나 멋진 예술가들이 많지 않은가.
최민석도 있고, 김일두도 있고, 김태춘도,
반웅도 있고 말이다.

면목이 없다

서른세 살에 책방을 시작하고부터
서른아홉 여태까지 눈물 마를 날 없이
(콧물도 마를 날 없이) 항상 돈이 없었다.
지금도 없다. 하지만 이런 나도 책방을
시작하기 전에는 명함만 까면 전 국민이 다
알 만한 빵빵한 회사에서 가슴 뭉클한 봉급을
받으며 나름 떵떵거리던 호시절이 있었다.
쌀, 반찬 걱정 따위 하지 않았고, 조금이나마
적금도 부을 수 있었던 남부럽지 않은 평범한
나날이었다. 그런데 책방을 시작하고 내
경제적인 상황은 마치 모래산의 밑단에서

누가 두 손으로 모래를 쓸어가는 것처럼,
야금야금 야무지게 기울어져 갔다. 돈이
없는 현실에 울화가 치밀어서, 가끔은 책방을
시작하기로 결심했던 서른셋의 유재필을
머릿속으로 소환해서 멱살잡이도 하고,
타임머신이 있다면 그때로 돌아가서 제발
정신 차리라고 뒤통수에다 이단 옆차기를
날리고 싶은 심정이다. '제발 부탁이야.
재필아. 책방만은 절대 해선 안 돼. 대답해.
알겠지~?' 하고 말이다.

    하지만 풍파를 정면으로 때려 맞으며
안쓰러울 만큼 이리저리 뜯겨 나간
너덜너덜해진 삶이지만, (나라는 인간도 내면
어딘가 최소한의 내진 설계가 되어 있는지)
다행히도 아주 가끔은 돈을 못 벌어서 좋은
점이 있는 것 같다는 긍정적인 생각을 해볼
때가 있다. 터무니없지, 돈을 못 벌어서 좋은
게 있을 리가, 하는 사람이 대부분이겠지만,
내가 그나마 이 정도의 결혼 생활을 유지하고

있는 건 모두 '돈을 못 벌어서'가 아닐까 하는
(착각일 게 분명한) 생각이 드는 것이다.
아내가 들으면 '뻔뻔한 자식'이라고 웃겠지만
말이다. 아내를 대할 때, 최근 몇 년 사이
굳은살처럼 생긴 자세가 있다. 항상 돈이
없다 보니 아내를 바라보는 내 마음속에
세팅된 디폴트 값은 '면목이 없다'이다.
아침에 책방 출근 준비를 하면서 철부지처럼
자고 있는 아내의 얼굴을 내려다보면 늘
짠한 감정이 북받쳐 오른다. 마음속에서 늘
나지막한 소리가 메아리친다. 송구스럽다.
미안하다. 어쩌다 나 같은 걸 만나서. 그러게,
책 같은 건 왜 좋아해서 책방하는 사람을
만나가지고. 나 말고 멀쩡한 놈 만났으면
그래도 예쁘게 살았을 텐데. 안타깝게도 내
의지와 상관없이 늘 이런 말들이 마음속을
떠다니며 아내에게 굽신거리게 되는 것이다.

　의식주 문제가 내 생활을 크게 위협하지
않는, 한 단계 다음 레벨의 삶을 그려볼

때가 있다. 그런데 어쩐지 내가 하는 상상은 이상하리만치 어두컴컴한 쪽이다. 그런 상상을 하면 드라마나 영화에서 보곤 했던 돈 때문에 삶이 나락으로 가는 인물들이 먼저 떠오른다. 큰돈이 안겨준 여유로 자신만만하다가 잘못된 방향으로 인생의 핸들을 틀고, 가드레일을 부순 뒤 절벽 아래로 데굴데굴 굴러간 인생들 말이다. 지금까지 미디어가 내 생각을 편협하게 만들어 놓은 고정관념 탓도 있겠지만, 결코 풍족한 돈이 모든 인생을 무사히 흘러가게 하지는 않는다는 생각이다. 물론 여유로운 돈 덕분에 크루즈 여행하듯 갑판에 누워 따사로운 햇살 속에서 유유자적 흘러가는 인생도 있겠지만 말이다.

　　이런 생각은 돈이 없는 내가 존립하기 위해 짜맞춘 자기방어적 사고라고 해도 상관없다. 어쨌든 적어도 그러한 생각이 들 때가 있다는 이야기다. 돈이 있든 없든 떠나서, 아내와 미친 듯이 싸운 뒤에도,

내 마음속에는 항상 미안하다고 말하고
있다. 사실, 돈이 많다고 하더라도, 돈이
없다고 하더라도 그 인간은 변함이 없어야
옳을 것이다. 하지만, 나 스스로를 대단한
인간이라고 확신하지 않기 때문에, 어느 날
갑자기 벼락같이 큰돈이 쥐어진다면, 내가
옳은 인간이 될지, 안쓰러운 인간이 될지
무턱대고 자신할 수 없는 일이다.

　　돈을 못 벌어서 좋은 점이 있는 것 같다는
생각을 밝히고, 아내 앞에서 수그러들고,
그로 인해 그나마 가정 생활을 지탱하고
있다는 이야기가 한심하게 들릴지도
모르겠다. 하지만 돈을 떠나서 인생의
핸들만큼은 꽉 잡고 있어야 한다. 돈이 많아
좋은 차를 샀다고 해서, 흘러가는 인생까지
자율주행 되는 건 아니니깐 말이다. 돈이
많으면 여유는 있겠지만, 이 세상에 돈이
많다고 방심할 수 있는 인생은 없다. 당연히
이건 아직 돈을 못 벌어봐서 하는 이야기다.

면목이 없다. 여보.

또 한번 면목이 없다

2023년을 돌아본다면 '미니멀리즘'으로
자평하는 한 해가 될 것 같다. 모르는 사람을
만나 '당근이세요?'라는 말을 참 많이 했던 한
해였다. 더 이상 쓰지 않는 물건을 팔았고, 제
명을 마친 듯한 물건을 버렸다. 물건 말고도
시들한 인연과 곪고 썩은 관계를 정리했고,
부질없는 질투와 시기심을 버리는가 하면,
전전긍긍하던 책방 운영에 대한 불안을
버리려고 했(지만, 이건 버리지 못 했)다.

팔고, 버리고, 정리하고, 나누면서

이것저것 참 많이 비워낸 한 해다.
미니멀리즘에 크게 관심이 있어서도
아니다. 그렇다고 지저분한 걸 못 참는
깔끔한 성격도 아니다. 다만 약간의
폐쇄공포 같은 것은 있지 않나 생각한다.
무언가 숨 막히는 느낌이 아주 싫다. 예를
들어 거실에 물건들이 하나둘 늘어나면서
공간이 좁아지면, 어느 순간 그게 못 견딜
정도로 갑갑하게 느껴진다. 그러면 포토샵
지우개 툴을 문질러 대듯 거실에 필요치
않은 물건들을 지워 간다. 그런데 문제는 나
혼자면 상관없지만 결혼을 한 이상 무언가를
버리기 위해서는 아내의 동의가 필요했다.
일단 동의를 얻는 과정이 대체로 순탄치
않다. 심지어 내 물건을 팔 때도 아내가
동의하지 않을 때는 머리에 김이 살짝 나기도
한다. 그중에서도 제일 어려운 부분은 눈에
거슬리는, 그러니깐 '당근'에 당장 올리고
싶은 아내의 물건이 눈에 밟힐 때이다.
아내의 물건에 내가 무슨 권한이 있는가.

아내의 물건을 팔자고 동의를 구하는 것
자체가 오늘 한판 싸우자는 의미이다. 때문에
아내의 특정 물건이 눈에 거슬리고 마음에
안 들어도 절대 그런 말은 꺼낼 수 없다.
꺼내서도 안 된다는 것을 나도 잘 알고 있다.
그러니 집 안 곳곳에 거슬리는 부분을 과감히
지우고 싶어도, 아내의 물건만큼은 내게 늘
큰 난관이 되었던 것이다.

그래서 함께 사는 동안 조금씩 조금씩
아내를 미니멀리즘의 세계로 유혹했지만
마음처럼 쉽지 않았다. 그런데 정말 어느
순간이었다. '갑자기'라는 말은 이 순간을
위해서 태어났나 보다 싶은 정도였다.
그러니깐, 아내가 갑자기 변했다. 그동안
그렇게 어려웠던 일이 이렇게 한순간에
풀린다고? 놀랄 정도로 아내가 갑자기
변한 것이다. 어느 순간 아내가 장롱을
뒤적이고, 어딘가 깊숙이 쑤셔 넣어 놨던
물건을 하나둘 꺼내더니 갑자기 사진을 찍기

시작했다. 뭐 하나 싶어서 물었더니 아내는
'당근'하려고 한다는 것이다. 그 말을 듣고
깜짝 놀랐다. 종류가 우선 많기도 했고, 꺼낸
물건 중에서는 아내가 평소 아꼈다고 생각한
것도 있었기 때문이다. 젠틀몬스터 선글라스,
라이카 카메라, 스와로브스키 목걸이와
아내가 지녔던 몇 안 되는 명품 지갑과
가방까지 말이다. 아내가 갑자기 변했다고
말하긴 했지만, 사실 아내가 왜 이러는지
대충 짐작이 갔다. 지금 우리의 계좌
사정이 좋지 않은 이유가 분명할 것이다.
하지만 아내는 물건을 꺼내고 사진을 찍는
내내 표정은 어둡지 않았다. 오히려 들떠
있었다. 박아 두고 쓰지 않던 물건의 시세를
알아보면서, 나쁘지 않은 가격을 확인하더니
신이 나기도 했다. 내놓은 카메라 중 하나는
지금은 단종되어 구매했을 때보다 훨씬
비싼 시세로 거래되고 있었다. 반대로 어떤
목걸이는 샀을 때보다 시세가 많이 떨어진
걸 보고 터무니없는 싼 값에 내놓으려는 것

같길래, 오히려 내가 팔지 말라고 말리기도
했다. 아니면 좀 더 비싸게 팔라면서
말이다. 하지만 아내는 밝은 표정으로 '뭐
어때, 쓰지도 않는데'라며 싸게 올렸다.
당연히 싸게 올렸으니 채 10분도 안 지나
핸드폰에서 '당근!'하고 경박스러운 알림이
울렸고, 운 좋은 어떤 이가 잽싸게 가져갔다.
5만 원 정도에 팔았나. 아내는 고작 5만
원 정도에 아끼던 목걸이를 넘겼으면서
'오예~! 5만 원이나 벌었다.' 하며 순진하게
기뻐했다. 그 모습을 지켜보면서 내 마음이
어땠는지는 모를 것이다. 여보. 내가 진짜
유명 작가가 되어서 팔았던 가방, 목걸이,
카메라 전부 다시 찾아 줄게. 조금만 기다려.
면목이 없다. 여보.

작가 ○○○입니다

입고 문의를 받는 과정에서 '작가
○○○입니다.' 하고 자신을 소개하는 경우를
흔히 보게 되는데, 어쩐지 그때마다 텍스트로
적힌 '작가' 지점에서 '툭' 어딘가 돌부리에
걸린 것 같은 묘한 어색함에 부딪힌다.
뭐랄까, 누군가를 처음 만나는 자리에서
나를 소개하는 첫인사로 '안녕하세요,
(나는 책방을 운영하는 사장이니) 사장
유재필입니다!' 이런 느낌이랄까. 또는
누군가 '구찌' 티셔츠를 입고선 이것은
그냥 티셔츠가 아닌 '구찌'임을 모든

사람이 꼭 알아주었으면 한다는 것처럼, 가슴팍 대문짝만하게 붙은 로고를 볼 때의 느낌이랄까.

왜 작가라는 호칭을 스스로 명찰처럼 달아서 알려주는 것인지, 그 자체가 부자연스러운 것을 떠나 어딘가 조급해 보이는 인상을 준다. 그의 뜻은 그게 아니라 하더라도 '작가 ○○○입니다.'라는 말이 어쩐지 '저는 아무개가 아닌 작가 ○○○입니다!'의 뉘앙스로 들리는 것을 어쩔 수 없다. 그럼 이쪽에서도 '아, 작가님이시구나. 어디 한번 작가님의 작품을 볼까요.' 식의 묘한 뉘앙스가 섞인 어색한 자세가 돼 버린다.

세상에는 수많은 호칭이 있지만 유독 작가라는 직함만큼은 본인 입에서 말할 일은 아니고, 상대방의 입에서 본인을 불러줄 때 의미가 있다고 생각한다. TV에 나와 유명한 셰프임을 자랑하곤 해서 레스토랑에

찾아갔더니, 한 입 이상 삼키기 힘든 음식을
내놓는다면, 어쩔 수 없이 '이런 음식을
만들면서 그동안 용케 TV에 나왔구나'라는
생각이 들 뿐이다. 그러면서 그를 셰프라고
불러줄 마음이 도저히 생기지 않는 것이다.

반대로 봉준호가 아무리 스스로
영화감독이라며 말하지 않아도 그런 작품을
만든 사람을 향해 세상 어떤 사람도 그를
세계적인 영화감독이라 부르지 않을 사람이
없고, 손웅정이 아무리 우리 아들 월드
클래스가 절대 아니라고 부정해도 당신 아들
월드 클래스가 절대 맞다는 걸 어쩔 수 없는
것과 같은 이치다. 말하자면 아무리 작가가
되고 싶고, 작가라고 소개하고 싶고, 세상
사람들이 작가라고 바라봐 주길 원해도
결코 스스로 작가라며 외치고 다닐 필요가
없다. 원하든 원치 않든 자신이 내놓은
작품이 하나둘 쌓여 가면서 스스로를 작가로
만들기도 하고, 아니게도 하는 것이다.
작가라 말하는 게 본인 마음이여도, 본인

역시 그 호칭이 '자칭'에 머무는 건 스스로도
원하는 바가 아닐 것이다.

의사라든지, 경찰이라든지, 사회적으로
만든 제도 아래에서 시험이라는 관문을
넘고 자격을 받아야 얻을 수 있는 호칭이
있다. 그것과는 달리 '작가'나 '뮤지션' 같은
호칭은 시험 같은 걸로 얻어지지 않는다.
'작가' 자격증, '뮤지션' 자격증 같은 건 없다.
자격증이 없기에 작가의 자격을 가늠하는
건 내놓은 작품이 사람들의 마음을 움직여,
누군가로부터 자연스레 불리면서 인정받는
방법밖에 없지 않을까 한다.

천재 소릴 들을만큼 단 하나의 작품으로
많은 이들의 마음을 사로잡고 단번에
작가라고 불려지면 좋겠지만, 그런 일은
거의 일어나지 않는다. 그럼에도 묵묵히
작품 활동을 계속 이어가다 보면 어느 순간
주변에서 하나둘 나를 작가라고 부르는
순간이 올 것이다. 작가가 되는 길은 그런

식으로 어느 날 조용히 한 걸음, 한 걸음 이루어지는 것이 아닐까. 그러니까 작가가 된다는 건 쉽다면 쉽고, 어렵다면 정말로 어려운 일이다.

저희도 여기 있습니다

'실례지만 저희도 여기 있습니다.' 하는
말이 튀어나와 버릴 것 같다.

　얌전히 책을 보던 손님도 다른 손님이
다 빠져나가고 마지막으로 혼자 남겨진
순간이면, 주변을 둘러본 후 '이제 나 혼자
남았다'는 느슨함인지, 그때부터 볼륨을
높여 유튜브 시청이 시작되는 것이다. 나도
함께 있는 책방에서 말이다. 그렇게 핸드폰
속 유튜버들의 시끄러운 수다가 책방에
울려 퍼지고, 그 소리에 신경이 곤두서

있으면, 손님은 (책방 주인에게 또 뭔가
창조적인 걸 보여주고 싶은 듯) 이번에는
누군가와 스피커폰으로 통화를 하는 것이다.
책방, 그러니깐 나도 여기서 전부 듣고
있는 책방에서 말이다. 왜 그런 걸까. 다른
손님이 함께 있을 때는 분명 하지 않았던
행동이라면, 분명 그 행위가 실례라는
것을 인지하고 있다는 말일 텐데, 그러면
'도대체 왜?'라는 물음이 생길 수밖에 없다.
그리고 머릿속 그 식지 않는 물음은 가슴
속의 답답함을 연료로 열기를 계속해서
올리더니, 나중에는 이런 생각으로 부글부글
끓어오르는 것이다.

  '나는 인간도 아냐?'

  '책방지기는 사람도 아닌가?', '혹시
손님은 왕이다, 뭐 그런 건가', '돈 냈잖아,
주인장은 당연히 참으라는 건가?', '혹시
칸막이 뒤에 있어서 내가 잘 안 보이는

건가?', '투명 인간 취급당하는 건가?', '책방이 열려 있으면 당연히 운영하는 사람도 함께 있는 거잖아', '여기가 무슨 무인 카페야' 하는 생각으로 머릿속이 뒤숭숭하다.

　이럴 때마다 영화「거북이는 의외로 빨리 헤엄친다」속 주인공 스즈메가 떠오른다. 화장실에서 마주 오는 우람한 중년 여성이 그대로 스즈메에게 '어깨빵'을 한다. 스즈메는 튕겨 나간다. 심지어 아줌마는 스즈메 앞에서 방귀도 뿡뿡 뀐다. 일부러 그런 것 같지는 않다. 그냥 그 순간만큼은 스즈메가 진짜로 투명 인간일지도 모른다고 생각하는 쪽이 자연스럽다. 스즈메는 화장실을 나와 집으로 돌아가는 버스 정류장에서도, 다가오는 버스를 향해 손을 흔들지만 버스는 스즈메를 그대로 스쳐 지나간다. 그렇게 자신을 지나쳐 버린 버스 뒤꽁무니를 망연자실 바라보는 스즈메의 표정을 잊을 수 없다.

　얌전히 책을 보던 손님도 다른 손님이

다 빠져나가고 마지막으로 혼자 남겨진
순간이면, 주변을 둘러본 후 '이제 나
혼자 남았다'는 생각이 들지도 모르겠다.
유튜브 볼륨을 높이고 싶을지 모르겠고,
스피커폰으로 크게 수다도 떨고 싶을지
모르겠다. 그리고 당연히 칸막이 뒤에 홀로
앉아 구겨져 있는 나의 난처한 얼굴도
모르겠지. 그들이 책방 주인이 되어본
적은 없을 테고, 앞으로도 없을 테니,
구겨진 내 표정의 사정까지 헤아릴 필요는
없겠지만 '실례지만 저희도 여기 있다'는 걸
알아주시면 감사하겠습니다. 책방 오혜의
운영자이기 이전에, 손님과 이 공간을 함께
사용하고 있는 한 명의 사람이거든요.

별점을 매기는 일따위

파주에서 책방을 새로 시작하고 얼마
지나지 않아서였다. 영업 준비로 청소하던
중에 수상쩍은 낌새의 남자가 책방 밖에서
이리저리 내부를 살폈다. 촉이라는 게 있지
않은가. 동네에 새로운 카페를 발견하고
호기심에 둘러보는 모양새가 아닌, 어떠한
목적이 있는 듯, 또는 누군가가 보내서
온 듯한, 그러니깐 그의 움직임에서 염탐,
탐색과 같은 어딘가 개운치 않은 냄새가
풍겼던 것이다.

마침 그날 출근길에 인근 상점에서 드라마인지, 영화인지 모를 촬영을 하느라 부산스러운 상황을 보며 출근한 터였다. 그래서 책방 앞의 저 남자가 혹시 촬영과 연관된 사람인지, 그렇다면 매장 앞에서 무슨 연유로 계속 서성이는지, 남자의 움직임에 계속 신경이 쓰였다. 그때 남자가 자신이 몰고 온 자동차의 뒷좌석 문을 열더니 대포만 한 렌즈를 장착한 카메라를 꺼내서 책방 외관을 작정한 듯 찍어 대는 것이다. 그 모습을 보자마자 나는 밖으로 나가서 "지금 뭐 하시는 거예요?" 하고 다소 도전적인 억양으로 물었다. 그러자 돌격해 오는 내 말에 흠칫 당황한 기색이 된 남자는 자신을 '블로거'라고 소개했다. 주머니에서 핸드폰을 꺼내어 내 눈앞에 인스타그램 계정 화면을 보여주면서, 본인이 하고 싶은 메시지를 전달하려는 듯했다. 주로 카페와 멋진 공간을 소개하는 페이지였다. 팔로우가 무려 몇만 명이나 되는 인플루언서로, SNS의

알고리즘에 떠밀려 나도 본 적이 있던 계정이었다.

그는 나에게 "그쪽한테 도움이 되면 되었지, 손해는 아니실 것 같은데요." 했는데, 말투에서 당당한 자세가 어쩐지 '야, 나 같은 인플루언서가 이렇게 멀리 파주 야당까지 와줬잖아', '다른 사람들은 돈 내고 찍는 건데, 그냥 찍어 주러 왔잖아, 고마운 줄 알아야지' 이런 뉘앙스로 들려서 썩 유쾌하진 않았지만, 아무튼 "아, 네, 알겠습니다. 찍으세요." 하고 허락했다.

한참을 밖에서 찍던 남자는 책방 안으로 들어와 커피 한 잔을 시키고, 내부 공간까지 원하는 만큼 찍고서 대략 20분 정도 짧게 머물다가 여기 온 목적을 마친 듯 책방을 떠났다. 다음 날인가, 그 계정엔 오혜 사진이 올라갔는데, 몇 줄의 소개와 함께 (염려했던) 별표를 매겨 놓은 것이다. 그 계정은 특히 공간을 소개하면서 꼭 별표를 매겨 놓았는데, 나는 평소 그런 류의 평가를 탐탁지 않아 했다. 그래서 처음부터 남자가 자신을 소개하며 그 계정의 주인이라는 것을 알려줬을 때, 여기까지 와줘서 고맙다거나 반가운 마음은 들지 않았던 거다.

남자가 책방에 매겨 놓은 별점은 우려한 대로 저조했다. 예전에 예능 「라디오스타」에서 김구라가 이효리한테 게스트로서의 활약상에 대해 이러쿵저러쿵 평가하자, 이효리가 '어디서 평가질이야~!' 했던 호통을 기억한다. 나도 그 별점을 보자 그러고 싶었다. 저조한 별점에 대한 불만이 아니라, 평가 자체에 대한 불만, 별점을 매기는 행위에 대한 불만, 당신이 도대체 뭔데 별점 따위로 평가질이냐고 묻고 싶은 거다. 도대체 누가 그한테 별점으로 평가할 권위를 준 건지, 호통을 치고 싶은 마음이다.
　　책방을 열기까지 쉽지 않았다. 자신의 사업 또는 공간을 준비해 본 사람은 알 것이다. 시도 때도 없이 날아드는 예상치

못한 상황과 스트레스, 자금 문제를 뚫고서
어렵게 가게를 시작한다. 게다가 나는 몇 년
동안 오프라인 책방을 열고 싶었지만 열 수
없었던, 개인적인 힘든 시간이 쌓여서인지
파주에서의 새로운 시작이 더욱 각별했다.
그렇게 책방을 오픈해서일까? 이제 겨우
스타트 라인에 선 것일 뿐이라고 생각한다.
내 입장에선 이제 막 시작했는데, 어떤
사람이 나타나서 고작 몇 분 정도 머물더니
별점을 매기고 있다. 도대체 그 짧은 시간
동안 뭘 제대로 보고, 알았다고 할 수 있길래
평가질이냐고 묻고 싶은 마음이다.

특히나 이러한 별점의 경우, 흔히
평론가가 작품에 매기는 별점과는 결이
다르다. 작품을 감상한다는 것은 창작자가
작품에 대해 더 이상 손볼 게 없는 완성된
작품을 세상에다가 내놓는 것이고, 창작자도
대중의 평가를 감수할 용의를 전제로
발표한다. 그렇기 때문에 해당 분야에 오랜

식견과 소양을 쌓은 평론가들의 별점은
사람들의 동의를 얻을 수 있다. 하지만 이제
발을 내딛고 시작하려는 가게를 찾아와서,
채 20분 정도 머물고는, 아메리카노 몇
모금 쪽쪽 빨다가, 사진만 찍어 가기 바쁜
사람이 별점을 던진다는 게, 내 눈에 그저
SNS가 만들어 낸 사회적 병폐라고밖에
보이지 않는다. 만약에 우리 책방의 단골손님
중 한 분이 블로거이고, 책방의 시작부터
나아가는 과정을 틈틈이 지켜본 후 책방과
오혜라는 브랜드에 쓴소리를 한다면,
가슴은 아프겠지만 그 평가만큼은 인정하고
받아들일 수밖에 없을 것이다.

　　유명해지거나 팔로우가 많아지면서
얻는 권력이 얼마나 달콤한 세상인지를
안다. 자신이 하는 메시지가 힘을 갖고 많은
사람에게 전달되었으면 하는 욕심과 그게 곧
돈이라는 것도 알고 있다. 하지만 이 조그만
책방 한편에서 하루도 마음 편한 날 없이,
책방을 어떻게 운영해 나갈지 치열하게

고민하는 한 사람을 떠올린다면, 별 세는
일 따원 별사탕 먹을 때나 했으면 하는
마음이다.

오타에 대해

2014년 처음으로 수필집「소심한 사람」을
만들었다. 원고만 직접 쓰고 출판사에서
발행한 책이 아니라 글, 편집, 교정, 디자인
등 시작부터 끝까지 혼자서 완성한
독립출판물이었다. 물론 인쇄는 인쇄소에
맡겼으니, 정확히 말하자면 인쇄 영역만 빼고
모든 과정이 내 손을 거쳤다.

한 권의 책이 나온 후 사람들의 반응을
떠나서 정말 재밌었고, 뿌듯했다. 그리고
꽤 힘들었다. 시각 디자인학과를 전공했기
때문에 인디자인 같은 전문적인 툴은 어느

정도 다룰 줄 알았고, 수업 시간에 가벼운
분량의 책은 만들어 봤지만 어디까지나
그것은 과제일 뿐, 불특정 다수 앞에
결과물을 내놓는 건 처음이었다. 특히나
사람들이 돈을 지불하는 '상품'을 만드는
일이었다. 그래서인지 책을 만드는 과정에서
오타가 있으면 안 된다는 게, 무엇보다
신경이 쓰였다.

　　그래서 인쇄를 넘기기 전 마지막
단계에서 오타를 확인하는 일에 나름 상당한
시간을 할애했다. 그런데 책이 나오고 보니
'오타가 너무 많네' 하는 댓글을 자꾸만
마주하게 된 것이다. 맞다. 신경을 썼음에도
불구하고, 책이 나온 후에 다시 확인해 보니
오타가 너무나 많았던 거다. 나의 무식함을
그대로 드러내는 잘못된 표기법도 많아 정말
창피했다.

　　두 번째 책을 만들 때는 마지막에
(조금 구라를 담자면) 오타에 사활을 건다는

자세로 임했다. 찾아보니 이미 인터넷에는
맞춤법 검사기도 여럿 있었다. 창피하게도
첫 번째 책을 만들 당시에는 이런 게 있는
줄도 몰랐다. 오타, 잘못된 표기, 맞춤법을
확인하는 과정에서 모니터 화면을 눈으로
수십 번 더듬고 훑었다. '이쯤 되면 괜찮군'
생각이 들었을 때는 전체 페이지를 출력해서,
색깔 펜을 들고 또다시 잘못된 부분을
골라냈다. 이쯤 되니 괜찮다고 생각한 것이
무색하게, 종이로 다시 보니 잘못된 부분이
무더기로 체크되었다. 마치 오탈자가 나에게
장난질을 치는 것처럼 느껴졌다. 발견하고,
건져 내서 이쯤이면 되겠지 안심하고,
이제 진짜 마지막으로 읽어 보자 하면, 또
어디선가 숨어 있던 오탈자가 문장 속에서
빼꼼히 고개를 쳐들었다. 기막힐 노릇이었다.
글을 쓰는 것보다 오탈자 찾는 과정의
괴로움이 훨씬 컸고, 이러다가 정말 십 년은
늙을 것 같았다.

가끔 독립출판 제작자 중에선 오탈자가
별일 아니듯 관대한 사람들이 있는데,
맞다. 책을 읽으면서 내용 감상보다 매의
눈으로 오탈자만 집어내려는 독자는 없을
것이다. 또는 책을 구매하는 목적 자체가
'오탈자를 찾고야 말겠어.' 하는 사람도
없다. 독립출판물만 오탈자가 있겠는가.
유명한 작가의 책에서도 오탈자는 발견되기
마련이다. 인간이 로봇이 아니기에 그럴
수 있다. 하지만 독립출판이니깐 오탈자는
아무렇지 않다는 일부를 볼 때, 굳이
면전에서 반박할 필요까지 없어서, 그냥
속으로 '그건 아니죠.' 하는 말이 나온다.
책을 만드는 대부분의 과정은 일정한
지식을 필요로 하고, 그 과정을 혼자서
다 해야 하는 독립출판은 어렵고, 그래서
대단하다고 생각한다. 하지만 글을 정리하는
마지막 단계의 오탈자 확인은, 쉬운 일은
아니지만, 얼마큼의 시간을 들이는 가에
따라 충분히 해결할 수 있는 부분이다.

그럼에도 오탈자는 나올 수밖에 없다. 하지만 처음부터 '독립출판물이니깐 오탈자는 좀 나와도 괜찮아' 하는 마인드로 책을 만든다는 것은 전혀 다른 문제이다. 그냥 책을 만드는 마지막 단계에서 수십 번 확인하는 일이 번거롭고, 거기다 시간을 쓰고 싶지 않다는 것으로밖에 들리지 않는다. 오탈자를 어떤 마음으로 여겼는지, 확인하는 데 어느 정도 시간을 할애했는지는 책을 만든 본인만이 안다. 그러므로 독자가 오타를 발견했을 때, 그것에 떳떳한지 아닌지 역시 본인만이 알 것이다.

디자인 전공자가 아니라서 디자인이 조악할 수는 있다. 또는 비싼 종이를 사용하지 못해서 종이의 품질이 떨어질 수도 있다. 독립출판물이기 때문에 부수를 대량으로 발행할 수 없거나 수작업이라 권당 단가가 올라가고, 기성 도서에 비해 가격 책정이 다소 높게 만들어질 수도 있다.

그런데 '독립출판물이니깐 오타가 있을 수 있어요.' 하는 마인드의 잘못된 자신감은 말이 안 된다고 본다. 책을 구매한 독자가 오탈자를 지적하면, '독립출판물이라 그렇습니다. 이해해 주세요~' 하고 넘어갈 건가. 뭐, 본인의 낯짝만 두껍다면 상관없겠지만 말이다.

부탁해서는 안 될 부탁

앉아있던 손님이 카운터로 다가와서 지금
흘러나오는 노래의 제목이 뭐냐고 물어볼
때가 있다. 그럴 땐 내가 고른 음악이 손님의
마음에 산들바람처럼 스친 것 같아, 얼른
쪽지에 제목과 음악가의 이름을 적어 기쁘게
드린다. 그런데 그처럼 흘러나오는 노래의
제목을 물어보는 것이 아닌, 간혹 '책방의
플레이리스트를 전부 줄 수 없냐'고 요구하는
손님도 있다. 노래 제목이 궁금하다는
손님에게 내 마음이 활짝 문을 열어젖히고
반갑게 마중 나갔던 것과는 달리, 후자의

경우를 만나면 불판 위 주꾸미처럼 마치
불에 덴 것 같이 마음이 쪼그라든다. 그
순간 그렇게 마음이 조그마해지면서 깨달은
것이라고 하면 '세상에는 절대 부탁해서는 안
될 부탁이 있구나'이다.

　　누가 시키지 않아도, 오로지 재미만으로
오랜 시간 꾸준히 지속해 온 두 가지가 있다.
하나는 일본어 공부이고, 나머지 하나가 음악
더깅digging이다. 생각건대 음악을 더깅하는
일이란 어쩐지 보물섬을 찾으러 떠나는
여행처럼 결코 무시 못 할 작은 설렘이
있다. 그 두근거리는 여정에서 숨은 보석
같은 음악을 발견하면, 그것만큼 내 안에서
소중하게 뿌리내려 나의 삶을 지탱해 주는
것도 없다. 그리고 음악을 끌어모으는 일은
마치 물욕처럼 스스로를 자책할 성격의
일도 아니거니와, 음악은 모으고 쌓아
놓아도 집 안 곳곳 거추장스럽게 공간을
차지하지도 않는다. 그래서 음악만큼은

버릴 것 없이 쌓을 수 있을 만큼 끌어모아도
상관없다. 늘어나는 물건들로 너저분해진
집을 청소하는 일처럼 버리고 정리할 필요가
없다. 그러니깐 누구의 인생에서도 음악을
버린다는 말은 성립할 수 없다. 인연이
끊어지지 않고, 핸드폰 연락처에 오랜 시간
동안 살아남은 소중한 이름들처럼 음악가의
이름과 곡들은 인생의 오랜 시간을 함께
간다. 때로는 어느 음악가와 노래를 한동안
잊고 살 때도 있지만, 그러다 문득 지난
시절을 뒤돌아보면 친구들의 음성, 웃음,
분위기 같은 추억들이 그 시절을 함께했던
음악과 함께 밀려온다.

　　바쁜 생활 속 여유가 날 때마다 틈틈이
유튜브나 애플 뮤직에 업데이트되는
신곡들과 새로운 뮤지션의 음악은 한 번씩
들어 보려 한다. 그러다 작정하고 심장을
후벼 파는 노래를 만나기라도 하면, 며칠
내내 그것만 들으면서 신발 속의 발가락이

춤을 춘다. 그렇게 찾은 음악 중에서도
책방의 음악은 공간의 분위기를 고민해, 다시
한번 고르고, 또 선별한 음악이다. 말하자면
엑기스 중의 엑기스라고 할까. 그러니 책방을
찾아 주신 손님에게 드는 감사한 마음과는
별개로, 플레이리스트를 전부 내놓으라고
하면 그만큼 당혹스러운 일이 없다. 지난날
보물을 찾아가는 여정에서 힘들게 수확한
음악을, 어떤 이가 그처럼 허무하게 넘겨
달라니. 죄송하지만 아무리 손님이라도 그럴
수는 없다. 많은 사람은 아니었다. 서울에서
책방을 할 때 두 분 정도 만났고, 파주로
옮긴 후 한 분이 리스트를 모두 줄 수 없냐고
물었다. 그럴 때마다 내 얼굴은 전에 없던
난감한 표정이 되어 '죄송합니다. 그건 안 될
것 같아요.' 하고 말한다. 그게 무엇이 되었든
누군가의 소중한 시간, 기억, 노력이 담긴
걸 그처럼 함부로 달라고 해서는 안 되는
것이다.

평균적인 사람

2019년 3월 19일 안타까운 부고 소식을 들었다. 좋아하는 음악가 김도마가 세상을 떠났다는 소식이었다. 마이클 잭슨이 떠난 날에도 이런 기분이 아니었던 걸 생각하면, 부고 소식을 접했을 때 정말로 음악가 도마와 그녀의 음악을 좋아했었다는 걸 느꼈다. SNS에는 도마의 친구와 팬들의 애도 글이 쏟아졌다. 나 역시 글로 애도를 표하고 싶지만, 그 어떤 수사도 슬픔을 온전히 담아내지 못할 것 같았다. 그렇게 2019년 3월 19일, 좋아하는 한 명의 음악가를 떠나보내며, 마음으로 조용히 애도하였다.

서울에서 책방을 할 때 도마의 공연을 연적이 있다. 중간에 도마가 했던 말 중 아직도 기억에 남는 말이 있다. 그녀는 관객에게 이런 말을 했다.

"부모님이 보는 내 모습과 친구들이 보는 내 모습, 그리고 지나가다 처음 만나는 사람에게도 내 모습이 크게 다르지 않은 사람이 되고 싶어요."

부모님이 보는 내 모습, 친구들이 보는 내 모습, 지나가다 처음 만나는 사람에게 어떻게 전부 똑같은 한 사람의 모습일 수 있겠느냐마는 가능하면 크게 다르지 않았으면 좋겠다고. 그 다름의 낙차가 크지 않고 평균적인 사람이 되고 싶다는 말이었다.

도마의 음악도 좋아했지만, 특히나 기억에

°서울시 마포구 동교동 166-5 2층, 만화인들의 성지이자
음악가들의 사랑방이었던 한잔의 룰루랄라는 2019년 3월 25일을
끝으로 영업을 종료하였다.

남는 건 책「허수아비들의 겨울 잡담」에서
도마의 글 <비수기의 바닷가> 편이다.
'한잔의 룰루랄라'°에서 처음 본 도마와
오혜에서 공연할 때의 도마와, 글 <비수기의
바닷가>에서의 그녀 모두, 내가 본 도마의
모습은 다르지 않았다. 그녀의 바람처럼
평균적인 사람이었다고, 기억 속에 아름다운
음악가였다고 말하고 싶다.

개이득

　　이것은 이득에 관한 이야기다. 수익, 보상,
보너스, 상여금, 소득, 배당 등 섬세하게 펼쳐
보면 이득의 세계에도 다채로운 품종이
있지만, 이것은 이득 중에서도 '개이득'에
관한 이야기다. 그에 앞서 뻔한 이야기지만
세상의 무엇이든 마음만 먹으면 수박 쪼개듯
단 두 개로 쩍 갈라놓고 볼 수 있지 않을까
한다. 예컨대 남자와 여자, 사장과 직원,
간부와 병사, 평일과 주말 등 세상에는 딱
두 개로 나눠서 보자면 그렇게 볼 수 있는
것들이 수없이 많다. 그런 맥락에서 나는

책방을 시작하고 자영업자의 길로 들어선 후 종종 '자영업자와 소비자' 이렇게 둘로 세상을 바라보며 생각에 빠질 때가 있다.

　　인간으로 태어난 이상 누가 시키지 않아도 어쩔 수 없이 해야만 하는 것들이 있다. 예를 들어 한국에서 태어난 남자라면 싫든 좋든 의무적으로 군대에 가야 하지만, 예외도 꽤 있으니 군대는 논외로 두자. 그렇다면 태어난 후 죽지 않고 삶을 이어 나가기 위해 무조건 해야 하는 것들이 어떤 게 있을까? 숨쉬기? 맞다. 숨쉬기도 목숨이 붙어 있는 이상 무조건 할 수밖에 없는 것이다. 그리고 또 뭐가 있을까. 내가 생각하기에 숨쉬기와 비슷한 또 다른 하나가 '소비자'가 되는 것이다. 살면서 한 번도 소비자 역할을 하지 않는 인간이 있을까. 불가능하다고 본다. 태어나 보니 어쩌다 정글에서 눈을 뜬 타잔처럼 동물들의 보살핌을 받는 삶이 아니라면, 무조건 소비자의 역할에서 벗어나긴 어렵다는 생각이다.

　　그와 반대로 '자영업자'가 된다는 건
누구나 겪는 일은 아니다. 누구나 소비자는
되지만 자영업자는 누구나 되는 게 아니다.
물론 범위를 넓혀서 중고 거래든 무언가를
판매해 본 경험 정도를 자영업으로 볼
수 있을지는 모르겠으나, 내가 생각하는
최소한의 자영업자란 자신이 운영자금을
마련해서, 사업자를 내고, 소비자에게
서비스를 제공하는 것이다. 그렇게 보자면
모든 인간이 자영업자가 되는 것은 아니라는
의견이다.

　　처음으로 돌아가서 개이득에 대해
말해보자. 나 역시 자연스럽게 소비자 역할도
해보고, 자영업자도 되어 보니 소비자로서
돈을 지불하고 얻는 서비스가 대체로 전부
개이득이라는 생각이다. 지불한 돈만큼만
얻어 가는 게 아닌, 세상의 모든 서비스는
지불하는 돈 이상, 그러니깐 모든 게

개이득이란 말이다.

　　카페를 예로 들어 보자. 커피 맛이든, 인테리어든, 햇살 같은 직원의 따뜻한 미소든, 마음에 드는 카페가 있어 가끔 가서 커피를 마신다고 하자. 그 카페에서 아메리카노 한 잔에 4천 원을 내고 몇 시간을 이용했다. 그러면 소비자는 몇천 원으로 공간과 커피와 직원의 친절한 미소와 직원이 성심껏 고른 음악을 누리게 된다. 그 4천원으로 얻은 이득을 면밀히 뜯어보자. 공간? 카페 사장이 막대한 보증금과 월 임대료를 내고 만들어 낸 공간이다. 분위기? 많은 시간과 고민의 결과물이며, 상당한 인테리어 비용을 들여서 만든 분위기이다. 커피? 역시 그 커피 맛을 내기 위해 일정 시간의 교육을 받고, 커피 머신과 장비 등을 구매했기에 그러한 커피를 손님에게 낼 수 있다. 만약 지구상에 카페가 모두 사라진다면 어떻게 될까. 똑같은 공간을 누리기 위해서는 카페를 차릴 수밖에 없다. 그러니 지구가

멸망하지 않는 이상 소비자로서 이 공간을
열심히 누리기만 하면 된다.

또 다른 예로 음식 배달도 마찬가지다.
비싼 배달료 때문에 말이 많지만 (나 역시
부담되는 부분이지만) 그래도 배달 노동자를
지운 세상을 떠올려 보면, 결코 배달료가
비싸다는 말이 나올 수 없다. 배달 노동자가
없다면 무조건 해당 음식점에 직접 가야
할 것이다. 먹고 싶은 음식점이 도보로
갈 수 있는 거리라면 괜찮겠지만, 집에서
음식점까지 도보로 이동하기에 거리가 먼
사람들은 무조건 다른 수단을 이용해야 할
것이다. 자신의 차를 끌고 가면 기름값이
발생하고, 그럼에도 차로 갈 수 있다면
그나마 다행이지만, 차가 없다면? 택시를
불러야 하나? 버스나 지하철로 한참을 가야
하나? 음식점에 가려고 차나 오토바이를
구매할 수는 없는 노릇이다. 배달 노동자가
있기에 굳이 차를 뽑지 않아도, 오토바이를

사지 않아도, 한밤중에 옷을 다시 주워 입고
귀찮게 밖으로 나가지 않아도, 음식 하나
때문에 땡볕 아래를 걷지 않아도, 비와
눈을 맞지 않아도 된다. 우리는 이 모든
수고로움을 생략하고 편의를 누리는 것에
대한 비용을 단돈 몇천 원으로 해결하며
지내는 중이다.

　　나 역시 자영업자가 되기 전에는 이런
생각을 하지 못했다. 자신이 서 있는 위치가
어디냐에 따라서 매번 보던 세상이 조금 다른
각도로 보이기도 한다. 매번 감사한 마음을
갖고 살자는 뜻은 아니다. 소비자로서 누리는
우리의 삶이 대체로 손해는 아니라는 것이다.
그러니 너무 팍팍한 마음으로 살 필요가
없다. 여기까지 개이득에 관한 생각이다.

인생은 고통이야~ 몰랐어?

아무리 애를 써도 사는 게 즐겁지 않다.
가끔 좋은 날도 있고, 웃고 떠들 때도 있다.
하지만 나의 본심은, 웃고 떠드는 것도
태어났기 때문에 어쩔 수 없이 하는 행위에
속한다고 본다. 태어났으니까 밥은 먹어야
하고, 잠은 자야 하는 것처럼 웃는 것도
그런 거다. 어차피 태어나지 않으면 웃고
떠들 필요도 없다. 낳아 주신 부모님께는
죄송하지만 삶에 의미 따윈 없다. 사람이
사는 건 숨이 붙어 있어서일 뿐 운명, 소명,
사명 같은 건 전부 사람이 지어낸 말장난에

불과하다. 현재를 사는 사람은 모두 애써 죽을 것까진 없기 때문에 살고 있는, 그게 전부처럼 느껴진다. 그런데 나 같은 부정적인 인간도 짧은 시간 살면서 깨달은 (그나마) 긍정적인 생각은 '어차피 안 될 거다'라는 거다. 그러니깐 나는 어차피 안 될 것이기 때문에 삶을 유지하고 있는 게 아닌가 싶다. 삶에 희망을 품는다고 해서 희망대로 되는 일은 거의 없다. 마치 도박에 베팅하듯 희망에 무모하게 기대는 것만큼 위험한 인생은 없다. 절박한 삶일수록 함부로 희망에 의존하면 안 된다. 희망도 중독성이 있다. '언젠가는 될 거야', '잘될 거야', '마지막 한 번만' 등의 말처럼 끝없는 긍정과 타인의 기대를 빌려 쓴 희망일수록, 언젠가 패배와 절망 같은 것들이 마치 채권자처럼 내 뒤를 밟는 법이다. 그러니 나는 헛된 희망으로 절망하지 않기 위해 '어차피 안 될 것'이라는 최저치의 마음으로 살고 있다.

"인생은 고통이야~~ 몰랐어?"

영화「달콤한 인생」에서 황정민이
빈정거리며 말한다. 그래, 진짜 몰랐다.
인생은 고통 그 자체다. 그리고 그 고통이
나만 피해가길 바라는 것만큼 어리석은
생각이 없다. 해병대에 지원했지만, 들어갔을
때는 정말 죽고 싶었다. 다른 이유는 없다.
몰랐기 때문이다. 훈련병 기간을 마치고
실무의 문을 열었을 때 이렇게 고문과 구타,
가혹행위가 내게 어깨동무하며 반겨줄지
말이다. 매일 죽고 싶었고, 죽이고 싶었다.
지원하기 전에 품었던 남자들만의 의러나
젊은 시절 값진 경험을 얻기는커녕 역겨운
고문과 야비한 가혹행위가 이어질 줄 몰랐기
때문이다. 탈영할 수도 없고, 가혹행위가
언젠가 사그라지겠지 하는 희망을 품을수록
죽고 싶은 마음만 암세포처럼 커질 뿐이었다.
살아남을 방법이라곤 희망을 접고 저 선임이
영창을 가는 행운을 기다리든, 아니면 저

'개○○'들이 제대하는 날까지 꾹 참고
고통에 순응하는 길뿐이었다. 그것 말고는 내
손으로 할 수 있는 게 없었다.

"책방은 고통이야~ 몰랐어?"

책방을 운영하는 일도 마찬가지다. 내가
아무리 간절히 희망을 품고 애써도, 책방
일은 마음처럼 되지 않는다. 책방이, 그리고
내 인생이 잘되기를 바라며 희망을 품다가
실패한다면 죽고 싶은 마음만 커질 것이다.
하지만 눈앞의 희망에 모든 걸 거는 것이
아닌, 희망을 접어 가며 배운 삶의 자세들이
있다. 되든 안 되든 상관없이 그냥 숨 쉬듯
하는 것이다. 절망하지 않고, 좌절하지
않는 자세. 희망이 없으면 동시에 절망도
없다. 남들이 안 된다고 포기하라고 해도
이렇게 하는 거다. "네, 저도 안 되는 거 잘
알고 있습니다. 그렇다고 제가 지금 책방을
접고 다른 걸 해도 마찬가지로 안 될 거고,

책방을 운영하는 게 제가 좋아하는 일이라서,
그래서 안되는 거 알지만, 좋아하니깐
하려고 합니다." 하는 자세가 나를 살게 하는
기분이다.

　　이런 줄 모르고 태어난 인생도
마찬가지다. 안되는 걸 알면서도, 그래도
그냥 해 보는 책방처럼, 내 인생도 잘 안 될
걸 알면서도 그냥 살아보는 수밖에 없다.

책방을 끝까지 하는 것

　　불행의 원인을 SNS로 꼽는 뉴스를 종종
접한다. 과학적 근거가 확실한 말인지는
모르겠으나 매우 공감하는 편이다. SNS
속 누군가의 집, 인테리어, 명품, 자동차,
인맥, 해외여행 등 행복한 일상들은 그것을
바라보는 사람으로 하여금 가벼운 배 아픔을
느끼게 하지만, 때론 그 정도를 넘어서
열등감이나 시기, 질투로 마음이 오염되는
걸 느낀다. 스티브 잡스가 스마트폰을 통해
우리 삶의 많은 부분을 혁명적으로 바꾸었고,
그만큼 내면에 불행이 번지는 속도도 한 차원

진보한 느낌이다. 너무 많은 정보와, 너무
많은 행복과, 너무 많은 가짜 뉴스와, 너무
많은 가짜 행복 속에서 나는 중심을 못 잡고,
울렁거리고 비틀거린다. 사는 게 너무나
힘들고, 어렵게 느껴진 것이다.

　예컨대 주식 투자를 보면 한쪽의
권위자는 장기투자가 옳다며 강변하고, 어느
전문가는 단기 트레이딩을 해야 한다며
본인들의 지식을 웅변한다. 누가 맞는 걸까?
한쪽은 맞고 한쪽은 틀린 걸까. 아니다. 두
사람 모두 맞다. 하지만 그 정보 속에서 내가
어떤 선택을 해야 좋을지 나 자신도 모르기
때문에 사는 게 어지럽다. 어떻게 실지
방향을 모르겠기에 누군가의 조언을 듣는
건데, 너무 많은 이들이 각자의 관점으로
서로 다른 방향을 가리킨다. 그 많은 인생의
선택지 속에서 결정은 오로지 나에게 달려
있다. 그럴수록 나 자신에게 집중해야 한다.
내가 어떤 사람인지, 내가 어떤 환경에 처해
있는지 말이다.

책방 운영이 어려울 때마다 정보 속을 기웃거린다. 어떤 성공한 기업가는 사업이 안될 때는 한발 물러날 수도 있어야 한다고 피력한다. 그리고 반대편에서 또 어떤 전문가는 좋아하는 일은 절대 포기하지 말고 끝까지 밀고 나가라며 중요성을 설파한다. 이놈 저놈, 하는 말이 전부 다르다. 그러니 삶이 헷갈릴 수밖에 없지. 그때마다 나는 내면에 귀를 잘 기울이자고 생각한다. 앞서 말한 이들이 서로 다른 인생의 조언을 하는 이유는 딱 한 가지다. 한 명은 어려울 때 사업을 한 번 접고 물러난 후 다시 도전하여 성공했기 때문이고, 다른 권위자 역시 좋아하는 일을 끝까지 포기하지 않았기에 결국에는 성공했던 것이다. 본인들이 얻은 성공이라는 결과를 각자의 기준으로 말할 뿐이다.

만약 전자처럼 사업을 한 번 접고 그 후에도 결국 성공 못한 사람이라면 '안될 때는 물러설 줄도 알아야 한다'는 말을 뱉을

리가 없다. 역시 좋아하는 일은 포기하지
말라고 일렀던 사람도 계속해서 실패만
반복했다면, 다른 사람에게 '끝까지 포기하지
마라'는 말을 쉽게 할 수가 없을 것이다.
그래서 나는 아쉬울 때가 있다. 그들이
하는 말은 결국 성공했느냐 실패했느냐의
기준으로 서로 다른 말을 하게 되는 것이다.

그래서 나는 그 마지막 지점에 놓인
성공을 지우고 생각해 본다. 내가 책방을
끝까지 했을 때 사업적 측면에서 성공 못할
수도 있다. 그러면 나는 실패한 것인가.
그렇게 생각하지 않는다. 한번 태어난 인생,
성공하든 못하든 자신이 좋아하는 일을
끝까지 놓지 않고 평생에 걸쳐서 할 수 있는
사람이 과연 몇 명이나 될까. 나는 그렇게
생각한다. 자신이 좋아하는 일을 끝까지
해내는 것 자체가 성공이라고. 누가 뭐래도
책방을 오래오래 하고 싶다. 좋아하니깐
말이다.

책방과 유재필

아버지의 바람과는 정반대로 나는 책을
정말로 싫어하는 아이로 자랐다. 초등학교
4학년 어느 날, 아버지가 퇴근길에 동화책
전집을 사 오셨다. <흥부와 놀부>, <토끼와
거북이> 같은 전래동화로 구성된 흔해
빠진 전집이었다. 아버지는 이걸 하루에
한 권씩 읽고, 매일 독후감을 쓰라고
했다. 마감은 아버지가 퇴근하고 집으로
돌아오는 저녁까지였다. 독후감도 원고지
몇 매라는 꽤 디테일한 규칙을 잡아 줬다.
갑자기 왜 그랬던 걸까. 몇십 년 전이지만

지금도 당시의 피곤함이 선명하게 떠오른다. 이왕이면 시간을 좀 넉넉하게 주던가. 하교하고 책을 읽은 후 다음 날 저녁까지 제출이다. 시간은 딱 하루인 셈이다. 지금 생각하면 그리 어렵지 않은 동화책이었는데도 나는 한 번도 독후감을 완성하지 못 했다. 그 일이 왜 그토록 숨 막혔을까. 책 읽는 게 죽기보다 싫었던 나는 아버지가 내준 그 숙제를 지키지 못 했다. 그런 나에게 아버지는 매일 저녁 회초리를 들었다. 허공에서 휘두르면 '붕~' 하는 소리를 내며, 매를 드는 사람 입장에서는 칠 때릴 맛 나는 탄성 좋은 회초리였고, 내 종아리엔 피멍이 가시질 않았다. 그렇게 맞는 나날이면, 이를 악물고 독후감을 써내겠다는 오기가 생길 법도 한데, 나는 그러질 못했다. 감히 아버지한테 개겨 보겠다는 심산도 아니었다. 아버지가 얼마나 무서운 존재였는데 개긴다니, 말도 안 된다. 그러면 왜 독후감을 못 썼을까. 아버지라는

거대한 무서움에 완전히 짓눌려서, 초조한
마음에 내용이 머릿속으로 들어 오지 않았고,
원고지를 붙잡고 있어도 벌벌 떨기만 했다.
그렇게 매일 회초리를 맞는 게 무서워서
늦은 저녁까지 바깥을 떠돌며 집에 들어가질
못 했고, 그쯤 돼서야 아버지도 어느 정도
포기한 마음으로 나를 놓아 주셨던 것 같다.

　　옹졸하게 나이 사십을 바라보는 이제
와서, 어린 시절 아버지의 강압적인 교육을
원망하려는 것은 아니다. 그냥 어릴 적부터
책에 대한 재미를 느끼지 못했다. 그리고
아버지도 아들이 좀처럼 책을 가까이 하려는
싹도 없어 걱정이 되어서 그러지 않았을까.
아무튼 책이 정말 싫었다. 교과서도 싫었고,
문제집도 싫었고, 책이라면 뭐든지 가리지
않고 싫었다. 그나마 단 하나, 당시의 여느
아이들과 마찬가지로 만화책은 정말로
좋아했다. 특히 중학생 때는 국·영·수보다
<슬램덩크>를 교과서처럼 가방에 들고

다녔다. 나쁜 길로 빠질 수 있었던 우울한 사춘기도, 선생님이 아닌 신영우 작가의 <키드갱>이 나의 학창 시절을 바르고, 명랑한 길로 이끌어 줬다. 수업 시간 펼쳐 든 교과서 사이에 <키드갱>을 끼워 넣고, 선생님께 들키지 않도록 「미션 임파서블」 급의 작전을 펼치며, 키득거렸던 기억이 새록새록 떠오른다. 만화책마저 없었다면 어쩔 뻔했을까. 책과 함께했던 유일하게 행복한 기억이다.

행복한 기억도 잠시, 암울한 고등학교 시절이 시작되었다. 대입 스트레스가 심각한 우울증을 불렀고, 우울증은 폭식을 불렀고, 폭식은 다시 비만을 불렀다. 100킬로그램의 몸뚱어리는 반 친구들의 멸시와 무시를 불렀고, 그 스트레스는 심각한 탈모를 안겨주었다. 한창 외모에 관심 많을 고등학생에게 탈모는 엄청난 정신병을 안겨주었고, 그것은 다시 폭식을,

폭식은 비만을, 비만은 탈모를 안겨주었고,
탈모는 다시 우울증을 심화시키는 환상적인
악순환의 릴레이였다. 그 스트레스의 중심에
입시가 있고, 책이 있었다. 특히 <수학의
정석>은 아무리 읽어도 '집합'과 '인수분해'
다음 페이지를 넘어가지 못했고, 수학은
나를 깔보는 세상의 큰 벽이자, 내 머리가
세상 쓸모없는 돌대가리라는 걸 확인시켜
주는 존재였다. 그나마 다행이었던 건, 고2
겨울 무렵 시각 디자인학과를 진학하기
위해 뒤늦게 미대 입시를 시작했다. 수학,
과학을 포기한 터라 당시 수능 400점 만점
중, 모의고사를 보면 늘 200점 언저리를
맴돌았다. 성적이 그 모양이라도 실기 실력이
좋았으면 한시름 놓았을 거다. 하지만 그림
실력도 형편없어서 수능 성적이 어느 정도
받쳐 줘야만 했다. 한마디로 그림과 공부
모두 망한 상태라는 스트레스가 심각했고,
결국 두 번의 자살 시도로 이어졌다. 자살을
생각하면서도 책이 꼴 보기 싫었던 걸까.

마당에 있던 작은 재래식 화장실로 가지고 있던 교과서와 문제집을 들고 들어가서 문을 걸어 잠그고, 책에다 불을 붙였다. 나의 자살 시도는 화형이었다. 피어오르는 연기 속에서 내가 사라질 때까지 버티려고 했지만, 결국 머리가 터질 것 같아 콜록거리며 문을 박차고 뛰쳐나왔다. 그 후 몇 달 동안 두통을 달고 살았고, 안 그래도 나쁜 머리가 더 나빠지는 결과만 얻게 되었다.

그런 내 인생에도 책이 좋아지는 날이 올까 했는데, 아이러니하게도 발을 헛디뎌 지옥에 떨어진 것만 같던 군 시절, 책과 화해하는 날이 왔다. 말년에 할 게 없어서 내무실에 굴러다니는 책을 읽었고, 그러다 책이 좋아졌다? 그런 뻔한 스토리가 아니다. 내가 보냈던 해병대 그 시절을 구구절절 묘사하지는 않겠다. 한마디만 하자면 그곳에서 만난 대부분의 인간이 마치 야차 같았고, 그만큼 끔찍한 시간이었다. 그런데 그런 군대 안에서도 정말 궁금한 사람이 있었다. 바로 내가 실무 배치 받기 전 한두 달 먼저 제대한 선임이었다. 당연히 내가 실무에 들어가기 전에 전역한 선임이니 마주한 적 없는 사람이다. 얼굴도 본 적 없는 그 사람이 궁금한 이유는, 부대의 모두가 제대하고 떠난 그 사람만큼은 '훌륭한 선임이었다'고 한결같이 칭찬을 해서였다. 내가 경험한 군대란 제대한 사람은 이제 떠나간 인간일 뿐이고, 남아 있는 후임들은 떠나간 선임을 향해 '개○○'라고 부르며 씹어 대는 게 일반적이었지, 제대한 선임을 칭찬하는 건 아주 드문 경우였다.

그래서 백일 휴가를 나오자마자, 그 선임의 미니홈피를 찾아 보았다. 어떤 사람일까. 몇 번의 파도를 타니 금방 찾을 수 있었다. 사진 속 선임은 눈썹이 짙고, 과연 남자답게 잘생긴 강인한 인상에, 다른 사람에게는 없는 묘한 아우라를 두른 멋진 사람이었다. 그러다 게시판에 올라온 여러

글을 읽었는데, 글을 읽고 감동한 게 그때가
처음이었다. 그렇게 또 한번 인생에서 어떤
새로운 종류의 첫 감정, 첫 경험을 겪은
것이다. 그것도 내가 싫어하던 글을 통해서
말이다. 지금 회상해도 당시의 여운이 잊히지
않을 만큼 멋진 에세이였다. 그 후로 여러
책을 읽고 책방도 운영하면서 많은 작가의
글을 읽었지만, 그때만큼 설레었던 적이 없고
그 사람과 비슷한 결의 글을 쓰는 사람도 본
적이 없다. 단언컨대 적어도 에세이만큼은 그
선임보다 훌륭한 작가를 만난 적이 없다고
말할 수 있을 정도다. 세상을 바라보는
풍부한 표현과 특유의 유려한 문장에
완전히 빠졌었다. 그렇게 미니홈피 게시글
업데이트를 기다리고, 자주 드나들면서
선임의 열렬한 팬이자 독자가 되었다.
그러면서 '이 사람처럼 멋진 글을 쓰고
싶다'는 생각이 마음에 물들었다. 그때를
계기로 그렇게 싫어하던 책을 읽기 시작했고,
어쭙잖은 글도 써보면서 점점 책을 좋아하게

되었다.

　'인생은 알 수 없다'는 생각을 하며 글을
쓰고 있다. 20년 넘게 책하고 인연이 없던
내가 이렇게 책도 읽고, 글을 쓰고, 더군다나
책방을 하고 있다니 말이다. 어릴 적 장래
희망을 적는 칸에서 한 번도 고민해 본 적
없는 인생을 살고 있는 셈이다. 문득 오래
전 예능 프로그램에서, 인생의 중요한
기로에 선 주인공이 외치던 '그래, 결심했어!'
대사가 기억난다. 그런 중요한 결단이 모여
인생을 밀고 나가는 것 같지만, 사실은
그런 선택마저도 전부 우연의 총합이라는
생각이 든다. 내가 해병대를 지원한 것도 꼭
해병대를 가겠다는 의지가 아니라, 군 제대
후 복학 시기를 맞추려다 보니, 해병대를
지원할 수밖에 없어서였고, 그 선임을 알게
된 것도 우연히 그 부대에 배치 받았기
때문이다.

　우연으로 이루어진 삶에서 얼마나 멋진

사람을 만나는가에 따라 인생이 큰 선회를 하기도 한다. 이런 우연들이 쌓여, 책을 읽고 글을 쓰는 현재의 삶이 결코 편하진 않지만, 싫지 않다. 만약 어릴 때처럼 책을 싫어했던 그 모습 그대로 자랐다면, 지금 어떤 모습으로 살고 있을까. 섣부르게 단정할 수 없다. 말했듯 사람의 인생이란 한 치 앞도 모르는 것이므로. 잘 먹고 잘 살았을지도 모르겠다. 지금이 너무 힘들긴 하지만 이상하게도 지금 내 모습, 내 인생이 그렇게 나쁘지 않다는 느낌이다. 물론 다음 생에 태어난다면 절대 책방은 하지 않겠지만. 이렇게 말은 해도 우연으로 이루어진 인생을 두고 무엇 하나 단언할 수 없다. 분명 또 책방을 하고 있을지도. 알 수가 없다.

주저‘누운’ 시절 (2019-2022)

    악플을 맞고 주저‘누운’ 시절이 있었다.
시절이라고 말하니 아주 먼 과거의 일처럼
들리지만, 시절이 아닌 시간이라 하기에는
몇 해에 걸친 긴 시간을 누워 있었기
때문에, 주저앉아 울던 그 시간이 어쩐지
내게 서글픈 한 시절로 기억된다. 말
그대로 악플을 맞았다. 물리적으로 맞지는
않았으니 ‘보았다’가 맞지만, 악플이란 역시
‘보았다’보다 ‘맞았다’ 하는 쪽이 맞는 말 같다.
내가 맞은 악플은 물의를 일으킨 유명인들을
향한 다구리 같은 것에 비하면 아무것도

아니란 것을 안다. 연예인처럼 유명인들이
당하는 악플이란 그동안 누렸던 인기만큼
계산되어 거의 수십만 대군이 우르르 쫓아와
두들겨 패는데, 그런 건 정말 어떻게 견디나
싶다. 상상만 해도 끔찍하다. 그런 악플에
비하면 내가 받은 악플이란 손가락으로 살살
겨드랑이나 간지럽히는 수준이라 지금 와
돌아보면 엄살로만 느껴져 부끄럽기도 하다.
하지만 무엇이든 첫 경험이란 대체로 실제의
크기보다 거대하고 강력하게 다가오곤 해서,
내 생에 처음 맞은 그 악플의 충격은 어쩐지
전부 다 급소만 딱딱 골라 임팩트 있게 꽂혀
들어온 느낌이었다. 아팠다. 정말로, 아주
아팠다.

　이전에 쓴 에세이 한 권이 악플을 꽤나
얻어맞았다. 그것을 처음 마주했을 때는
끔찍했고, 마치 괴물 같았다. 내가 전혀
모르는 사람이 고작 2~400자 내의 텍스트로
나를 이렇게 생선 가시 발라내듯 내 영혼을

발라낼 수 있다는 상황과, 나는 전혀 그런 의도로 쓴 글이 아니었는데 누군가의 기분이 그처럼 더러워졌다는 사실과, 이러한 이유로, 또 저러한 이유로 누군가로부터 이쪽에서, 또 저쪽에서 두들겨 맞으니 정신을 잃고 녹다운이 되었다. 그렇게 주저앉다 못해 주저'누운' 것이다. 그 후로 한동안 글을 쓸 영혼을 잃었고, 시간이 어느 정도 지나 영혼을 찾았을 시점에는 굳이 글을 써야 하나 싶은 무기력한 상태였다가, 나중에는 글 자체가 지겹고, 책 자체가 꼴 보기 싫어지는 지경까지 갔다. 그 모든 시간이 흐르고 난 어느 날 '글 좀 써볼까?' 하고 책상에 앉아 노트북 자판 위에 손을 올려놓았을 때는 머리가 새까매졌다. 뭐랄까. 몇십 년 동안 사용하지 않은 기계를 다시 잡았을 때의 기분이랄까. 사용법이 기억나지 않아 그저 멍하니 화면만 바라보았다. 글을 어떻게 쓰는 거였지? 예전에는 글을 어떻게 썼지? 머리도 기억하지 못했고, 손가락도 기억하지 못했다.

그리고 지금 이렇게 다시 책상에 앉아 글을 쓰고 있다. 살면서 이만큼 어둡고 긴 터널을 지나왔던 적이 있을까. 교도소에서 참담한 인생의 한 세월을 보내고 풀려난 죄인이 처음 올려다보는 하늘과 햇빛이 이런 느낌일까. 지금 글을 쓰는 기분이 예전과는 분명 다르다. 그때를 씻어 보내려는 듯 손가락에서 글들이 마치 울음처럼 줄줄 흘러나오는 기분이다.

글이 어디서 흘러나오는 것인지 생각이 들 때면, 악플을 맞고 주저'누운' 시절을 비러볼 것 같다. 시절이라고 말하니 아주 먼 과거의 일처럼 들리지만, 시절이 아닌 시간이라 하기에는 몇 해에 걸쳐 울던 그 시절이 어쩐지 앞으로 글을 쓸 때마다 가끔은 사무치게 떠오를 것 같다.

저자를 처음 만난 건 갈현동 꼭대기에서였다. 그는 홀로 서점 안에 앉아 아이맥 화면을 골똘히 들여다보고 있었다. 내가 책을 고르는 동안 그는 고개 한 번 돌리지 않고 작업에 열중했다. 그때 우리는 몇 년 후 서로의 친구가 될 줄은 전혀 모르고 있었다.

얼마 전, 술자리에서 저자에게 물어봤다. "재필아, 너는 오혜의 대표로 불리는 게 좋아, 아니면 작가로 불리는 게 좋아?" 저자는

곧바로 답했다. "나는 아무래도 괜찮아." 순간
내 머릿속에는 우리가 처음 만났던 순간이
떠올랐다. 묵묵히 책방에 앉아 키보드를
두드리고 있던 모습 말이다. 내가 했던
질문은 참으로 어리석은 질문이었다.

그런데 저자가 「책방과 유재필」을
펴냈다. 마치 시간을 되감아 술에 취해
우스운 질문을 해대는 나에게 책을 쓱 내미는
것만 같다. 그 안에 제목처럼 오혜도, 저자
유재필도 담겨 있을 테니 더 이상의 설명은
생략한다는 것처럼. 어리석은 질문 끝에 받은
멋진 대답이 아닐 수 없다.

–반웅–

마치며

지금까지 대부분 책을 혼자서 만들어 왔습니다. 글, 디자인, 편집, 오탈자 확인도 전부 혼자 했습니다. 이번 「책방과 유재필」의 교정은 우혜 김지원 대표님이 맡아 주셨습니다. 교정을 다른 사람이 봐 준 것은 처음입니다. 주변에 교정을 부탁할 사람이 없기도 했고, 교정의 중요성을 모르기도 했습니다. 대충할 거라 여겼는데 너무 꼼꼼히 교정을 봐 주어서, 어쩌다 보니 제가 글을 썼던 시간보다 교정을 보는 시간이 더 오래 걸렸습니다. 이렇게 되니 과연 이 책이

온전히 저의 책이라고 할 수 있는가 하는
의문이 들기도 했습니다. 그러다 문득 어릴
적에 즐겨 봤던 성룡의 영화가 떠올랐습니다.
영화의 엔딩 크레딧이 올라가면서 항상
메이킹 필름이 나왔는데, 그게 성룡 영화의
또 하나 즐길 거리였습니다. 그것처럼 책의
대미에 교정본을 함께 싣고 싶었습니다.
말했듯 저 혼자만의 책이라는 생각이 안
들기도 하고, 교정 전의 문장이 얼마나
형편없었는지 보는 재미도 있을 듯 했습니다.
그리고 이 한 권의 책이 만들어지기까지의
노력을 책의 마지막에 담는 것도 의미가
있겠다는 생각을 했습니다.

　　마지막으로 책을 다 만들고 돌아보니,
어쩐지 그동안 만든 책보다 글의 내용적인
면에서 못한 것 같다는 생각을 무심코
했습니다. 이전에 받았던 악플의 악몽
때문인지, 글을 쓰면서 저도 모르게 상당히
움츠러든 건 아닌지. 그동안 만든 책에

비해 재미가 없을지도 모르겠습니다. 슬쩍
악플을 이유 삼았지만, 핑계 같은 건 대지
않겠습니다. 원래 문장을 잘 쓰는 사람이
아니기도 하고, 글을 안 쓰고 지냈던 공백이
길어서이기도 할 것입니다. 하지만 책이
재미없을 수 있다고 하더라도, 앞으로
누군가를 찌를 수 있는 글은 항상 조심하고,
또 조심하고자 합니다. 무엇보다 머릿속에서
어떤 생각을 꺼내든 조심할 필요 없는
성숙한 인간이 되면 좋겠지만, 솔직히 그런
사람이 될 자신은 없습니다. 그렇지만
다음에는 조금이나마 더 성숙한 사람이 되어,
조금이나마 싱싱한 글로 찾아오겠습니다.
많이 부족한 책 읽어주셔서 감사합니다.

나도 세상 어딘가 이름 하나 남기고 싶다는
바람이 들어서였다. 앞으로 아무리 글을
열심히 쓴다고 하더라도, 누구나 한 번쯤
들어봤을 정도의 이름을 남길 만한 작가가
될 자신은 없고 / 적어도 내가 만드는 책
표지만큼이라도 이름 한번 남겨보자는 심보다
앞서 쓴 내 책을 읽어 본 사람은 대충이나마
알 테다. 평소 얼마나 죽음을 생각하며 사는지
말이다. 결코 스스로 생(生)을 정리할 용기도
없고, 그럴 마음도 없지만 / 삶이란 어느 순간
뒤도 돌아보지 않고 '훅' 떠날 수 있다는
사실을 잊지 않기 때문에 / 이 책을 빌미로
표지에다가 남겨보려는 것이다.

앞에 말한 바와 같이 이 책은 책방과
유재필에 대한 이야기다. 세상에서 가장
재미없을 소재와 지루한 인간을 묶었다.
기대하지 말길 바란다. 분명 읽는 내내 하품과
함께 할 것이다. 그럼에도 어쩌다가 이런
책을 넘겨보고 있다면 그저 감사할 따름이다.

(handwritten margin notes, left side)

안 번복 줄이는 방안으로.

~으로나마~
1) 그동안의~
2) 삭제

'앞'을 이 승의 어느 부분을
얘기하는 것처럼 들릴수
있습니다. '앞에 앞만
바' 라 뜻도 같이가 통한
대인이기도 하고.
작가가 이것이 책을 넘겨
보는 독자에게 얘기하듯
않는수 없습니다.

'앞서' 보다는 문맥의
어떤 시점을 특정하는
단어로 쓰는 게 좋겠습니다.

(handwritten note, right side)

빌미(안 좋은 일이
생기게 되는 원인)

■ 자주 등장
1되게 해
다. 등등능

한문장
~하없게
하요
~긴
다.
사
것
믴

비가 오나 눈이 오나 글을 쓰고, 매일 책상에 앉아 자판을 두드리고, 컴퓨터를 사용할 수 <u>없는 환경이라면 핸드폰이라도 붙잡고 글을</u> 써보려고 합니다. 그래서 손가락에서 두루마리 휴지 풀려나오 듯 글을 쏟아내 보려고 다짐합니다.

어리

<u>그러니깐 이 모든게</u> 저 푸른 초원 위에 그림 같은 책방을 짓고, 사랑하는 우리님과 한평생 행복하게 살기 위해서 <u>말입니다.</u>

· 문장 서락라 졸이 있저 낳습니다.
· '그러니깐 이 모든 께 ~ 위해서간 많습니다.'
· '' '' ~ 위해서 압니다.'
· '그러니깐 이 모든 게' 삭제.

주웠다가 날리기를 반복했다. 그 모습을
보고 있으니 문득 어릴 적 갖고 놀던 고무
동력기가 생각났다. 그것과 비교하면 꼬마
비행기는 참 볼품없었고, 적어도 내 눈엔
허접한 비행기가 어쩐지 혼자서 쓸쓸히
있는 꼬마의 그림자를 더욱 짙게 물들이
것 같았다. 뉴스에서 비혼이나 저출산
굳이 확인시켜 주지 않아도, 이미 예전
아이들이 사라진 골목길에서 세상의
않는 외로운 흔적을 느끼긴 했었다.
용어 '보이지 않는 손'이 생각이 나기
← 이럴 적 그 많던 아이들은 어디로 사
어쩌면 그 '보이지 않는 손'이 아이
어딘가로 납치해 간 것은 아닐까.

바로 위 문장에서,
'예전부터 아이들이 사라진' 하고,
뒤에 '이날까지 그 0이 들을' 를
조금 덕분스러기로 합니다.
어느셌지 않는그 아이들은 이제
어른이 됐고, 시대가 변했으니까요.

'아이의 주인들은'
그렇게 아이의 모습을 짧은 시
바라보면서, 어릴 적 친구들과 함
동력기를 가지고 놀던 기억이
플라스틱 프로펠러에 손가락을
감아서 고무를 팽팽하게 고정하

'공감을 누비리' 정도의
시간을 특정하지 않은 표현으로
어떨까요?

• 고무동력기에 대한 설명이요? 어
ex. 플라스틱 프로펠러에 연결
손으로 여러 번 감아 팽팽

하늘을 향해 힘차게 띄웠던 ~~~~
꼬마가 가지고 놀던 비행기는 고무 동
비교하면 매우 단순했고, **특이점**이라
대가리 쪽에 단단한 추 같은 게, 달려
그리고 비행하다 하강할 때 그 앞 다
바닥에 꽂히는 식이었다. 그런데 아
주변으로 하필이면 벤츠 S 클래스
등 고가의 외제 차들이 줄지어 주
있었는데, 괜히 아이를 지켜보던
같은 걱정이 스멀스멀 올라왔다
비행기가 자칫하다 **저 외제 차**를
내리박으면 하는 상상을 했던 ㄱ
일이 일어난다면, 아이는 이게
모르겠지만, 곧이어 아이의 부
앞에서 이마에 식은땀이 송골
난감하게 구기고 있을 상황
같았다. 그래서 (모두를 위해
주의를 주는 게 좋을 것 같
문을 열고 얼굴을 빼꼼히 ㄴ
비행기 그거, 그러다 저 차

꼬마와 비행기

위한 그래 무문이다
...습니다.

내가 이럴때 갖고 놀던
추기도 있었는데.
...되게 누렇던 경년감
...었는데. 안됐다. 고 읽어댔다.)

~ 22mm

일단 사녁에선
...으니 꼬마로 목격하는게
끔찍습니다.
우리 누명쟤 '아이'가 아닌
비행기 날려떤 '아이' 임을 상기.

었다.
뇌 번
가
...떨어짓릴 것 같아요.

...한 다음,
...거여

차에 기스를 낸 것 같은데~" 했다. 그리고

나는 속으로 왜 그런지 모르겠지만 '에이씨,
아저씨가 뭔 참견이에요~' 왠지 이런 답이 오지
않을까 생각했다. 그런데 예상과는 반대였다.
내 말을 들고는 아이는 오히려 내가 미안할
정도로 공손하게 그리고 귀엽게 두 손을 배에
가져다 대고는, (매우 밝고 부드러우며 포근한
사운드로) 네, 죄송합니다. 하며 구십도
인사를 한 후 곧장 비행기를 들고 자기 집으로
조르르 들어가는 것이다. 순간 아이(와 부모)가
진심으로 걱정되어서 했던 말이었지만, 괜한
말을 했나 생각 속에 아이가 집으로 돌아가는
뒷모습이 뇌리에서 떠나질 않았다.

　나는 마산역 인근 석전동 시장 골목길에서
대부분의 유년 시절을 보냈다. 어릴 적 하교를
하고 집에 있으면 동네 꼬맹이들이 집으로
와서 엄마에게 '아줌마~ 재필이 집에 있어요?'
하고 물어봤다. 그렇게 불려 나가면 어느새

: 구성도/ 해서 돌과 질나

친구들이 하나, 둘 모여들었다. 골목길 어귀에
대략 10명 정도는 모였던 것 같다. 그 시절
다양한 놀이가 있었지만 그중에서 특히
축구를 자주 했다. 그리고 우리의 축구장이
되어주었던 동네 골목길엔 양옆으로 항상 (곧
닥칠 위태로운 운명의) 차들이 불쌍하게 주차
되어있었다. 추억 속 티코와 프라이드부터
세피아, 르망, 에스페로, 레간자, 갤로퍼와
그리고 그랜저, 다이너스티, 포텐샤 등
비싼 차까지 가리지 않고 골목에는 다양한
차들이 있었다. 지금 와서야 그게 무슨 차고,
얼마짜리 차였고 운운하며 회상하지만, 당사의
꼬마들에게는 그게 무슨 차든 알 바 아녔다.
미안하게도 그 차들이 누군가의 사유물,
재산이라는 인식은 눈꼽만큼도 없었다.
그냥 길가에 세워놓은 쇳덩이였을 뿐이다.
빠른 공이 차 밑으로 들어가면 성가시게
걸리적거리는 물건이었고, 동네 꼬마들의 눈에
그저 조금 큰 돌멩이 정도로 치부되었다 해도
무방할 것이다. 아이들이 공을 쫓아 우르르

굳이

기의 넓고 법처럼 음악은
…이 붙노것이
…납니다.

쳐 차는
공을
ㅐ 본
아닌
…

책이야기와 연관성
내용일까요?
불필요한 반복 …
없어도 좋겠습니다.
뒤에 '옷이 땅으로 빙
이야기가 나는데,
앞에 '약속한 영우가로
…를 다른 뿐이다 !
바로 이어지는 게
… 제안스럽습…
…던

'굳이?'하고
단 두 글자가
장벽 앞에서 …
쓰다가 종종 …
건날을 마주한 …
진상이 또 있 …
달라붙어서 …
느낌이다. 한
엉덩이를 의지 …
중요하지만 …
써야하나… …

앞뒤 연결이 맞지 않습니다. ←
중간에 끊어 두 문단으로 바꾸고,
각 문장을 수정해주세요.
현재논 어떤 의미인거 안지
어렵습니다.

"굳이 ᄋ

가상하군요

모처럼

'굳이' 이런

ᅢ 책에 익

떠오른 것ᄋ

해야 해? ᄃ

말을 흘렸

재능도 없

ᅵ 덥석 손목을 낚아챈다.

. 쓰던 글이 '굳이'라는

황이다. 이렇게 글을

ᆯ 난입하는 '굳이'라는

ᆷ 성가시고 괴로운

ᅢ거머리처럼 착

ᆯ 쪽쪽 빨아먹는

· 완성하기 위해ᄉ

붙일 ᄉ 있을 인내심이

'굳이? 이따위 글을...

하는 '굳이'라는 놈에게

(handwritten) 둘 중에 원하는 단어 하나만 남기고, 다는 껄 지워주세요~

(handwritten) 1) 뭐 하나 하는 당각으로

(handwritten) 2) 뭐 하나 생각하며

잘도 기억

도로 위로

밟듯 무언

'굳이'라는

예컨대 오

글을 써서

삭제한다

살아야 하

28

하필이면 이런 냄새 나는 글을 올려, 나를
구독하고 있는 사람들에게 알림이 뜬다는
사실이 새삼 부담스럽게 느껴졌다. 그러니깐
새삼 부담스럽다는 표현이 적절할 것이다.
그런 부담을 느끼는 자라면 애초부터 브런치를
하지 않으면 될 것 아닌가. 오래간만에 '유재필
님의 새로운 글' 알림이 떠서 클릭했더니
이따위로 주절대는 글에 '에잇 뭐야 이
사람은!' 하는 불쾌한 표정들이 떠오른다.
가까운 사람들도 아니고, 이런 민폐를 끼쳐도
될 일인가. 그리고 가깝지 않다는 표현은
맞는 말인가. 글 업데이트 동시에 다른 이의
핸드폰 알림이 뜨기까지 과연 몇 초나 걸릴까.
이런데도 가까운 사람들도 아니고라는 표현은
맞는 말인가. 물리적으로 멀리 있으면서,
(핸드폰이라는) 물리적으로 가까운 사람들을
생각하다 보니 어느새 가위 모양으로 만든
검지와 엄지 사이에 턱이 꽂힌 꽤나 멋진
모습으로 고민에 빠져있다.

'~하게 된' ~ '때문이다'
둘다 이유를 설명해주는 말입니다.
1. 너무도 좋아하게 된 작가가 생겼다는 거다.
2. 너무도 좋아하는 작가가 생겼기 때문이다.

이러려고 했던 건 아니지만 어쩌다 보니 이런 똥 글로 시작하더라도 쓰고 싶은 게 꼭 있어서인데, 여기 포근한 카페에서 너무도 좋아하게 된 작가가 생겼기 때문이다.

소설가 박성원이라고 당신은 아는가. 꽤 유명한 작가인 것 같아서 아는 사람이 많을 것도 같지만, 아무튼 나는 엊그제야 알았다. 그동안 이런 대작가를 모르고 있었던 이유를 '이름이 너무 평범하잖아, 나 중학교 때 주변 박성원이라는 애만 해도 다섯 명어났 있었던 것 같은데' 하고 주절거리자니, 그리고 보니 김영하도, 최민석도, 김연수도 너무 흔한 이름이지 않은가. 그래서 자고로 대작가가 되기 위해선 이름이 평범해야 한다는 법칙이 미신처럼 있을지도 모른다는 생각에 나도 이참에 김지원이라는 이름으로 개명을 해볼 진지하게 고민해 본다.

반단데이고
나하다 어떨까요?

'이유가 ~ 다는
문장이라 ~라고가
깔끔하잖한 느낌으로
보입니다.

메이번 하나
와 이야기거기에는
지 ~함으다
으로의 ~합니다.

아무튼.
박성원의 소설집 「우리는 달려간다」를

의 박각이 재밌으니
꿈어주고 가면 어떨까요?

대작가가 되기 위해선
평범하이야 한다~

대는 누구이고, 소는 누구인가?

말이 얼마나 시원했던지, 무더운 여름날,

잘 통하는 친구와 시원한 맥주를 나눈 것

저 깊은 곳에서 캬! 하는 소리가 입 밖으로

터져 나올 것 같은 기분이었다. 베스트셀

보며 그런 생각을 해 본 적은 없었는데.

날카롭군. 평생 평론 밥을 먹고 산 자가 서

살피는 예리함은 뭐가 달라도 다르구나,

생각이 들었다.

1. 서점에 가는

2. 삭제

서점에서 베스트셀러 코너에 눈 가

하지만 마음까진 가지 않는다. 잘 팔린다

하니 궁금하지만, 그래서 오히려 힘주어

1. 외면해 버리겠다는

2. 외면하고 말겠다는

3. 외면하겠다는

외면해 버리고 말겠다는 반항 같은, 오기

전형적인 못난 인간들이 느끼는 배 아픔으

한다 해도 '예, 맞습니다.' 하며 인정할 수

있다. 하지만 좋은 책의 기준은 저마다

다르겠지만, 좋은 책이 베스트셀러 코너에

올라간 경우보다, 마케팅에 돈을 넉넉히

있는 출판사의 뒷배에 힘입어 베스트셀러

좋은 자리를 꿰차고 있는 경우가 대부분이

(라는 생각이다.) 아무래도 이 부분 [이]
베스트셀러에 마음을 주지 못하는
이유가 아닐까 한다. 그리고 저마다
성향이 각양각색으로 자란 개성을
사람들이 특정 몇 권의 책을 향해 우
몰려든다는 것도 나로서는 수긍하기
뭐 내가 이해하고 말고는 상관없겠
아무튼 나까지 그렇게 달려들면 어
형광등에 달려드는 모기때로 사이
된 것 같아 스스로가 초라해지는 기

대학교 시절도 비슷했던 것 같디
선배든, 남자든 여자든 인기 많은
일부러 멀리하지도 다가가지도 않
홈페이지에 하루 방문자 수가 몇백
다녀가고, 일촌평이 마치 팬레터처
붙어있는 인기 많은 친구의 친구가
일은 어쩐지 베스트셀러 코너 주변
것과 같은 느낌이다. 이것 역시 이동
말을 빌리자면, 패리스 힐튼이 유명

베스트셀러

(handwritten annotations:)

'을 따르는 분위기에 비슷하다.

1. 하여 입장하였다.
2. '예, 맞습니다.' 인정할 수 있다.

방문자 '수'는 '대개가'와
맞지 않는다)

1. 홈페이지의 하루 방문자 수가
   몇백 명이 되리,

2. 홈페이지엔 하루 방문자
   몇백 명이 다녀가리,

(more handwritten: 더러 뭐?, 이야)

단포

지눈V

읽었다. 첫 번째 <긴급 피난>, 그리고 이어

더는 말하지 않겠다. 너무 좋다는 둥, 지렸다는
둥, 따봉이라는 둥 이런 지루한 표현들. 똥 글을
쓰는 주제에 식상한 말까지 할 순 없다. 그저
이런 글을 끝까지 읽어주신 고마운 분들께
박성원의 <긴급 피난> 중 내가 뽑은 엑기스。
문장을 남겨 놓는 것으로 똥 글에 대한 면죄를
구한다.

육식을 하는 사자에게 부처의 도를 가르쳐 살육을
그만두게 한다면 결국 초식동물을 살리려고 살육을
죽이는 게 아닌가. 아무리 이성적으로 생각해도 나로서는
모를 일이다. 누가 죽어도 죽는 건 죽는 게 아닌가.
구를 살리고자 다른 누군가를 죽인다는, 결국 대를 위해
를 희생한다는 명분 논리에 불과한 일이지 않은가.
다면 대는 누구이고, 소는 누구인가? 초식 동물은
이고, 육식동물은 누구인가?

원, <긴급 피난> 中

무나 멋진 예술가들이 많지 않은가

얼마 전 우연히 무라카미 하루키에 관한
피소드를 듣게 되었다. 레이먼드 카버의
이었던 하루키가 그를 만나고 싶어, 카버의
앞에 무작정 찾아갔다는 이야기였다.
계적인 대작가도 중고딩 아이들처럼 자신의
이돌 집까지 쫓아다니는 팬심을 떠올려
니 (일반인과는 다른 세상 살 것 같은
명인도 별 거 없구만, 하는 생각에) 괜히
음이 편안해지는 기분이었다. 이왕 집까지
아갔으면 초인종이라도 눌러보던가. 누르는
간 스토커로 신고되는 건가. 아무튼 집 앞에

44

가란 이런 모습이죠.'

것 같다.

이 작가가 두드리는 자판 ~~반복했고,~~

울렸다 사라지길 반복했고,

장 역시 작가와 오랜 호흡을

럼 '한국 문학계의 혁명을

숨죽여 기다리는 듯' 컵을

거나 하는 사소한 잡음 일절 없이

런 분위기 속에 나도 자연스레

에 없었고, 조심스럽게 커피를

그 광경을 지켜보았다. 좁은 카페

한국 문학계의 혁명을 일으킬 작품을

기다리는' 카페 주인장과, '작가란

것이다'라고 말하는 멋진 뒷모습을

작가와, 어쩌면 지금 이 순간은 '먼

고견으로 남을 작품이 탄생할 역사적인

상일지도 모른다는 생각으로 감동에

풀어 있는 나, 이렇게 세 남자가 있었다.

견스러웠다. 카페를 찾아갔을

[handwritten annotations:]
● 툭 치면대만 사람. 감오.이들 따님이므로,
1. 2년니 ~ 사라졌음!
2. 가페 있는 광산가 ~
1. 기다린다'는 듯
2. 작문 I음으로 삭제

...을지 □를 일이었는데,

...를 만난 것은 물론이며,

...본다거나 누군가와 수다를

...도 아닌, 하필이면 글을 쓰고

...니! 물이다, 그 순간만큼은

... 작업실에 초대받은 듯했고,

...브 공연은 봤지만, 이건 마치

...팅(writing)을 직관 하는 게

...는 생각에 벅찼다.

...전반적으로 세상을 재미없고

...들하게 바라보는 축 처진 인간이지만,

...이런 순간이면 생생하게 살아있음을

...다. 이것을 뭐라고 설명하면 좋을까.

...건대 '지금 이 순간을 역사 속 현장이라고

...각해 보자' 삶의 방식이라고 불러보면

...걸까, 사실 나는 지금으로부터 딱

...100년 뒤인 2123년에서 건너온 사람이다.

...동네 마트에서 30만 원어치 구매하고 받은

...이벤트 응모권이 운 좋게 3등에 당첨되었고,

47

서른세 살에 책방을 시작하고부터 지금
서른아홉 때까지 눈물 마를 날 없이 (콧물도
마를 날 없이) 항상 돈이 없었다. 지금도
없다. 하지만 이런 나도 책방을 시작하기
전에는 명함만 까면 전 국민이 다 알만한
빵한 회사에서 매달 가슴 뭉클한 봉급을
2며 나름 펑펑거리던 호시절이 있었다.
1찬 걱정 따위 하지 않았고, 조금이나마
부을 수 있었던 남부럽지 않은 평범한
었다. 그런데 책방을 시작하고부터 내
상황은 누구나 제일 일단에서 두

'거의 지금까지도 없다
3부. 이렇게 쓰고 싶다
1. 책방을 시작한지부터 항~
2. 39 지금까지 되네 없~
살아내야 합니다.

누가

밝은 단계로 수정했어요.
와) 누가 모래밭의 모래를 들 모으

48

결혼 생활을 유지하고 있는 건 모두 '돈을
못 벌어서'가 아닐까 하는 (~~왠지~~ 착각일 거
분명한) 생각이 드는 것이다. 아내가 들으
'뻔뻔한 자식'이라고 웃겠지만 말이다.

아내를 대할 때, 최근 몇 년 사이 굳은살처
생긴 ~~나의~~ 자세가 있다. ~~뭐냐하면~~ 항상 돈
없다 보니 아내를 바라보는 <u>내 마음속에</u>
<u>세팅된 디폴트 값은 '면목이 없다'이다.</u>

아침에 책방 출근을 준비하면서 철부지치
자고 있는 아내의 얼굴을 내려다보면 늘
감정이 <u>북받쳐 ⟨온다⟩</u>. 마음속에서 늘 나지
소리가 메아리친다. 송구스럽다. 미안하
어쩌다 나 같은 걸 만나서. 그러게, 책 같
건 왜 좋아해서 책방하는 사람을 만나가
나 말고 멀쩡한 놈 만났으면 그래도 예쁘
살았을 텐데. 안타깝게도 내 의지와 상관
<u>마음속에</u> ~~선~~ 늘 이런 말들이 떠다니며
아내에게 굽신거리는 것이다.

의식주 문제가 내 생활을 크게 위협ㅎ

<!-- 좌측 여백 손글씨 메모 -->
<u>마음속</u> 디폴트로 감정
값은, '면목, 없다'으
으니 있다.

'~~하나~~'의 감정이 달라져
하여으로
~~하만친다~~.
북받쳐 온다.

위 1면색

개' 되

없든 떠나서, 아내와 미친 듯이 싸운 뒤에도 내 마음속에는 항상 미안하다고 말하고 있다. 돈이 많다고 하더라도, 돈이 없다고 하더라도 그 인간은 변함이 없어야 옳다고 하겠다. 하지만 나 스스로를 대단한 인간이라고 여기지 않기 때문에, 어느 날 갑자기 벼락같은 돈이 쥐어진다면, 내가 옳은 인간이 될지, 안쓰러운 인간이 될지 무턱대고 자신할 수 없는 일이다.

'돈을 못 벌어서 좋은 점이 있는 것 같기도' 하는 생각을 밝히면서, 아내한테 수그러들고, 그로 인해 그나마 이런 가정생활을 지탱하고 있다는 이야기가 어쩌면 한심하게 들릴지도 모르겠다. 하지만 돈이 풍족한 것과는 상관없이 누구라도 인생의 핸들은 꽉 잡고 있어야 한다. 돈이 많아 좋은 차를 샀다고 해서, 흘러가는 인생까지 자율주행 되는 게 아니듯 말이다. 돈이 많으면 여유는 있겠지만, 이 세상에

52

의 땅6내.

돈이 많다고 방심할 수 있는 인생은 없다
당연히 이건 아직 돈을 못 벌어봐서 하는
이야기겠지만. 면목이 없다. 여보.
^다.

ʌ.

의 편안과 동일하게)

책측리는것 같아
나만 생각 어떨까요?

→ ~~돈~~
'하지만 돈을 떠나
인생의 친구들도 꼭 잡고 있었으면 한다'는
알고
내 입장에서의 다정으로 쓰는 듯이 적겠습니다.
그래야 '돈' 문장과로 연결이 몰리 는 마무리가
되야가 잘 저절됩니다.

면목이 없다

~~합들이.~~ 아내의 물건에 내가 무슨 권한이
있는가. 괜안히 아내의 물건을 ~~줄이자고~~
동의를 구하는 것 자체가 괜히 오늘 아내와
한판 싸우자는 의미이다. 때문에 아내의
특정 물건이 ~~거슬린다고~~ 마음에 안들에도
절대 그런 말은 꺼낼 수 없다. 꺼내서도 안
된다는 것을 나도 잘 알고 있다. 그 때문에
집안 곳곳에 거슬리는 부분을 과감히 지우고
싶어도, 아내의 물건만큼은 내게 늘 큰
난관이 되었던 것이다.

    그래서 결혼하고 함께 사는 동안 조금씩
조금씩 아내를 미니멀리즘의 세계로
유혹했지만, 마음처럼 쉽지 않았다. 그런데
정말 어느 순간에. '갑자기'라는 말은
이 순간을 위해서 태어났나보다 싶은
정도였다. 그러니까 아내가 갑자기 변했다.
그동안 그렇게 어려웠던 일이 이렇게 쉽고
한순간에 풀린다고? 하며 놀랄 정도로
아내가 갑자기 변한 것이다. 어느 순간

아내가 장롱을 뒤적이고, 어딘가 깊숙이
넣어두었던 물건을 하나 둘 꺼내더니
갑자기 사진을 찍기 시작했다. 대체 뭐하나
싫어서 물었더니 아내는 '당근' 하려고
한다는 것이다. 그 말을 듣고 깜짝 놀랐다.
물건의 종류가 우선 많기도 했고, 꺼낸 물건
중에서는 아내가 평소 아꼈다고 생각한
물건도 있었기 때문이다. 젠틀몬스터
선글라스부터, 라이카 카메라, 스와로브스키
목걸이에 (결혼하고 명품 같은 걸 한 번도
사줘 본 적이 없어서) 엄두도 못
안 되는 명품 지갑과 가방까지 말이다.
아내가 갑자기 변했다고 말하긴 했지만,
사실 아내가 왜 이러는지 말하지 않아도
대충 짐작이 났다. 지금 우리의 계좌 사정이
좋지 않은 이유가 분명할 것이다. 하지만
아내는 물건을 꺼내고 사진을 찍으면서
표정은 어둡지 않았다. 오히려 신이 났다. —
그동안 박아두고 쓰지 않던 물건의 시세를
알아보면서, 나쁘지 않은 가격을 확인하면서

57

또 한번 연락이 없다

145

있으면, ~~어느 순간~~ 손님은 (책방 주인에게 또
창조적인 걸 보여주고 싶은 듯) ~~한 걸음 더~~
~~나아가~~ 이번에는 누군가와 통화를 스피커
폰으로 하는 것이다. 책방, 그러니깐 나도
여기서 전부 듣고 있는 책방에서 말이다. 왜
그런 걸까. 다른 손님이 함께 있을 때는 분명
하지 않았던 행동이라면, 분명 그 행위가 → 인데
실례라는 것을 인지하고 있다는 말일 텐데,
그러면 도대체 왜?'라는 물음이 생길 수밖에
없다 ¯ ¯ 머릿속 그 식지 않는 물음은
가슴 속의 답답함을 연료로 열기를 계속해서
올리더니, 나중에는 부글부글 이런 생각으로
끓어오르는 것이다.

'나는 인간도 아냐?'

'책방지기는 사람도 아닌가?', '혹시 손님은
왕이다, 뭐 그런 건가', '돈 냈잖아, 주인장은
당연히 참으라는 건가?', '혹시 칸막이 뒤에
있어서 내가 잘 안 보이는 건가?', '투명 인간

취급당하는 것인가?', '책방이 열려 있으면 당연히 거기 운영하는 사람도 함께 있는 거잖아', '여기가 무슨 무인 카페야' 하는 생각으로 머릿속이 뒤숭숭하다.

이럴 때마다 영화 「거북이는 의외로 빨리 헤엄친다」속 주인공 스즈메가 떠오른다. 화장실에서 마주 오는 우람한 중년 여성이 그대로 스즈메를 향해 어깨빵을 한다. 스즈메는 튕겨 나간다. 거거나 심지어 아줌마는 스즈메 앞에서 방귀도 뽕뽕 뀌어버린다. 아줌마가 일부러 그런 것 같지는 않다. 그냥 그 순간만큼은 스즈메가 진짜로 투명 인간일지도 모른다고 생각하는 쪽이 자연스럽다. 크리고 화장실을 나와 집으로 돌아가는 버스 정류장에서 다가오는 버스를 향해 손을 흔들지만 버스 기사는 스즈메를 그대로 스쳐 지나가 버린다. 그렇게 자신을 지나쳐 버린 버스 뒤꽁무니를 망연자실 바라보는 스즈메의 표정을 잊을 수 없다.

책방 오픈하기까지

사업 또는 공간을 준

시도 때도 없이 날아

스트레스, 자금 문

오픈한다. 그리고

오프라인 책방을

개인적인 힘든

새로운 시작이

오픈에서 '산다'? 오픈했어도,

오픈에 있다? 우선 것일

시작이고 있

입장에선

사람이 ㄴ

별점을

동안 돈

평가

대하면서

소 그런 책은북지

래서 남자가

인이라는 것을

고맙다거나

다.

겨놓은 별점은

전에 예능

가 이효리한테

대해 이러쿵저러쿵

디서 평가질이야~!'

. 나도 그 별점을 보자

한 별점에 대한 불만이

대한 불만, 별점을 매기는

이 도대체 뭔데 별점 따위로

고 싶은 거다. 도대체 누가

평가할 권위를 준 건지,

은 마음이다.

았다. 자신의

사람은 알 것이다.

상치 못한 상황과

고서 어렵게 가게를

겪은 경우는 몇 년 동안

었지만, 열 수 없었던

하여서인지 파주에서의

별했다. 그렇게 책방을

에 겨우 스타트 선에

고 생각한다. 이제부터가

중요하다고. 그러니 내

작하지도 않았는데, 어떤

고작 몇 분 정도 머물며,

있다. 도대체 그 짧은 시간

보고, 알았다고 할 수 있는

묻고 싶은 마음이다.

이러한 별점의 경우, 흔히 평론가가

에 매기는 별점과는 결이 다르다.

품을 감상한다는 것은 창작자가

81

는 일따위

명의 음악가를 떠나보내며 조용히 마음으로
애도하였다.

서울에서 책방을 할 때 손에 책방/공연
중간에 도마뱀이 했던 말 중 아직도 기억에
남는 말이 있다. 관객에게 이런 말을 했다.

"부모님이 보는 내 모습과 친구들이
보는 내 모습, 그리고 지나가다 처음 만나는
람에게도 내 모습이 크게 다르지 않은
람이 되고 싶어요."

모님이 보는 내 모습, 친구들이 보는 내
지나가다 처음 만나는 사람에게 어떻게
같은 한 사람의 모습일 수 있겠냐는
크게 다르지 않았으면 좋겠다고. 그
차가 크지 않고 평균적인 비슷한
고 싶다는 말이었다.

1. 톤 즉 어떠한 사람
2. 평균/비슷한

음악도 좋아했지만, 특히나

앉아있던 손님이 카운터로 다가와서 지금
흘러나오는 노래의 제목이 뭐냐고 물어볼
때가 있다. 그럴 땐 내가 고른 음악이 손님의
마음에 산들바람처럼 스쳐 지나간 것 같아
기쁜 마음에 쪽지에 제목과 음악가의 이름을
적어서 건네드린다. 그런데 그처럼 흘러나오는
노래의 제목을 물어보는 것이 아닌, 간혹
'책방에 지금 나오고 있는 플레이리스트를
전부 줄 수 없냐'고 요구하는 손님도 있다.
앞선 노래 제목을 알려달라는 손님에게 내
마음에 살짝 온을 열어젖히고 반갑게 마중

부탁해서는 안 될 부탁

여보 사랑해

어쩌다 보니 아내와 함께 책방을 운영하고 있습니다. 제 하루의 동선에는 늘 아내가 곁에 있습니다. 책방 구석에서, 손님이 없을 타이밍을 살펴 가며, 앉을 공산도 없어 매일 서서 식사를 할 때면 마음이 무거웠습니다. 이 무거운 마음의 짐을 이렇게라도 손끝으로 풀어 내고 싶어서 근 몇 년을 쉬었던 글을 다시 붙잡았습니다.

이 책을 내고, 앞으로 또 계속해서 책이 나오게 된다면 제 바람은 하나입니다. 책이

그래도 꽤 팔려서 아내가 좋아하는 책방 일을
매출 고민 없이 즐겁게 했으면 하는 것. 그게
전부입니다. 그렇게 아내가 즐겁게 책방을
운영하는 모습을 보며, 저는 한시름 놓고
어딘가로 좀 마음 편히 혼자 놀러나 다니고
싶습니다. 여보 사랑해.

글. 유재필
그림. 반웅

발행일. 2023년 11월 9일
발행. 오혜
편집, 디자인. 유재필
교정. 김지원
폰트. 채희준 기하 Regular

ISBN 979-11-984916-1-9
값 13,000원

출판 등록. 2018년 10월 4일 제2018-000066호
주소. 경기도 파주시 송학1길 173-1, 1층
홈페이지. ohye.kr
이메일. contact@ohye.kr